ヤンデレヤクザの束縛愛に
24時間囚われています

目次

ヤンデレヤクザの束縛愛に
24時間囚われています

第一章

幼い頃、両親はわたしに「人に優しくしなさい。きっとそれが巡り巡ってお前を助けてくれるよ」と言っていた。

だからだろうか。人が困っているところを見ると手助けすることが習慣になっていたのは……。

けれど残念なことに、窮地《きゅうち》に陥《おちい》った今、わたしに救いの手を差し伸べる人は誰一人居なかった。

「おらっ！　さっさと出てこいよ」

「山本《やまもと》ほのかさーん。今日こそは借金返してくださいよ！」

「こっちはお前の職場に取り立てに行っても良いんだぞ」

怒号とともにアパートの扉が蹴《け》られる音が聞こえて、悲鳴がもれそうになったのを奥歯を噛み締めて堪える。

薄っぺらい座布団の上で身を縮こませているわたしはなんてちっぽけな存在なんだろう。

（ああ、なんでこんなことに……）

高校を卒業し、そのまま就職して三年。小学校を卒業する前に母が亡くなったことを除いては、平凡な人生を過ごしてきたはずだった。

――しかし転落というのは、なんの前触れもなく訪れる。

きっかけは父が借金の連帯保証人になったことだ。

借金を返せなくなった父の友人はあっさりと逃げ、彼の代わりに父が返済を迫られた。

一緒に暮らしていれば、父の異変に気付くことができたのかもしれない。

だけどわたしは高校を卒業してから一人暮らしをしていて、ここしばらくの間、父と顔を合わせていなかった。父の方もわたしに心配を掛けないようにと思ったのか、連絡を取り合った時も、借金のことを話してはくれなかった。

結果、わたしが事情を知ったのは父が過労で倒れ、亡くなった後だった。

悲しみに浸る間もなく、借金の取り立て屋達はわたしの前に現れるようになった。

借りた先も悪かったのだろう……いかにもチンピラ崩れな男達は、四六時中わたしの前に現れては早く金を返せと罵った。両親は駆け落ちをしていたため、親族とも縁遠い。

それにより残された借金は丸ごとわたしにのし掛かった。

借金を引き継ぎたくないなら、適切なタイミングで遺産相続を放棄すれば良かったのかもしれない。

けれど残念なことに借金があることをわたしはその時まで知らなかった。なんの心構えもしていないまま、急に取り立て屋達がアパートに押し寄せてきたのだ。

ガラの悪い男達に囲まれ、罵詈雑言を捲し立てられる。そして取り立て屋達に再三脅されたことで……わたしはわずかな貯金を差し出すことになってしまった。

本当はその時にでも、警察に駆け込めば良いと分かっていた。だけど、近くのコンビニまでの道ですら、男達はピッタリとついてきて、そんなような隙はなかった。

（せめて誰か通報してくれたら……！）

祈るような気持ちですれ違っていく人達を見る。しかし、通行人だって厄介事に巻き込まれたくなかったのだろう。ガラの悪い男達を避け、目を逸らされて終わる。当たり前だ。このご時世、誰だって面倒ごとに関わりたくないだろう。それは仕方のないことなのだ。

震える手でお金を降ろし、男達に手渡す。そしてこの時からもう父の債務から逃れる手段はことごとく潰されてしまった。

取り立て屋達がわたしが働いていた職場にも嫌がらせの電話をするようになったのはそれから間もなくのことだった。

その数日後には会社にまで押し掛けてくるようになって、「お宅で働いている山本ほのかさんがウチで借りた金を返してくれないんですよ。随分と困った社員を雇われているようだ」と大声で捲し立てられる。会社には取引先のお客さんだって来る。従業員は十人も居ない小さな会社だ。

悪評が立ったわたしを守るよりは、バッサリと切ったほうが会社の損害は小さなもので済む。わたし自身も取り立て屋が会社にやってくるようになった負い目を感じていたこともあってクビを受け入れるしかなかった。

（貯金も全部渡してしまったから、今月分のアパートの家賃も払えない）

失業保険だって出るまでに時間は掛かるし、たとえ出たところで取り立て屋達がそれを見逃すとは思えない。

（そもそも家賃どころかスマホの通信費も、食料を買うお金だってない）

取り立て屋達は困窮するわたしをせせら笑って金がないなら身体で稼いだらどうだと店を勧めてくるようになった。きっと今日の話もそれだ。

いつまで経っても鳴り止まないチャイムと怒声。暴力的な騒音に身体を縮こませていると不意にドアを蹴《け》る音が止んだ。

（急にどうして？）

怖々と顔を上げると、ドアの向こうから唸るような低い声が聞こえた。

「おい。出てこないなら、こんなちゃっちいドアくらい蹴破《けやぶ》って、お前を引き摺り出すぞ」

凄みのある声に男達の本気が垣間見えた気がして涙が滲む。けれどこのまま泣いたところで、状況は悪くなるだけなのだろう。

（行かないと……）

唇をきつく噛んで覚悟を決める。どうにか立ち上がって、覚束ない足取りで玄関に向かう。ワンルームの狭い間取りにもかかわらず、今日は途方もなく長く感じる。わたしが動いた足音が聞こえたのか、男達は様子を窺《うかが》っているからか、荒々しい怒声はもう聞こえない。

震える指先でドアチェーンと鍵を開け、力の入らない手でドアのノブを握り締めた。

隙間ができた途端に、太くて大きな手が割り込んで、そのまま勢い良く扉をこじ開けられる。

「……随分と待たせてくれたものだな」

「ひっ」

わたしを睨みつける粗野な視線。その迫力にたじろぐと、軽薄そうな金髪の男に腕を掴まれた。

「あれぇ～。どこに行くつもり？」

遠慮なく掴まれた腕の骨がミシリと悲鳴をあげる。痛みに顔を顰《しか》めると、スキンヘッドの男が太い指でわたしの顎を持ち上げた。

「今更逃げてんじゃねぇぞ」

男の迫力にわたしは謝ることしかできなかった。深く頭を下げて、何度も何度も謝る。借金の返済を待って欲しいと懇願すれば男達は鼻で笑った。

「お前が抱えることになった借金は三千万だぞ。そんな金額……働いてもいないお前に払える見込みはないんだろう？」

出来の悪い生徒に教え込むように、スキンヘッドの男がやけにゆっくりと話し掛ける。

「そうっすよ。けれど、俺達は優しいっすからね。アンタに良い店を紹介してあげますよ。まあアンタの場合、大金を借りてる分、アングラな店になると思いますが……休みなく稼がせてやります」

「ああ。顔はちと地味だが、スタイルは悪くないし、若いってだけで食い付く客はごまんといるさ。男共をたっぷり下の口に咥え込んで、身体で金を返してくれれば良い」

「い、いや……」

下卑《げび》た笑いに、ますます身体が萎縮《いしゅく》する。強張《こわば》った声でいやだと告げると男達の眦《まなじり》が途端に吊り上がった。

「なにが嫌、だ。借りた金も返さねぇで我儘《わがまま》言ってんじゃねぇぞ。なんなら今ここでお前を裸にひん剥いて、俺らが味見してやろうか？」

剣呑な眼差しを向けられて、身体が恐怖で強張《こわば》る。

しかし、その時。背後から複数の足音が聞こえた。

二人の男は胡乱《うろん》げに背後に視線をやったかと思うと、目を見開いて固まる。

「アニキあれって……」

「……嘘だろ。なんで『御堂組《みどうぐみ》』の若頭がこんなところに」

呆然と顔を見合わせた彼らの様子に、どれほど恐ろしい人物が現れたのだろうかと血の気が引いていく。

しかしそれでも現実を直視しなければならないだろう。取り立て屋達の視線に釣られるようにして、やってきた男達の方へと視線を向ける。

後ろに部下を連れて先頭に立つ男の年齢は三十前くらいだろうか。

遠目からでも分かる高い身長に逞しい体躯《たいく》。ブランド物の黒いスーツをモデルのように着こなし、ラフに整えられた艶やかで黒い前髪からは鋭い眼光が垣間見えた。

こんな状況じゃなかったら、圧倒的な存在感を放つ男に目を奪われていただろう。

けれど、その眼差しに既視感があった——その理由を探ろうとした矢先。

「山本ほのか」

突然、その人物に自分の名前を呼ばれて、ビクリと身体が跳ねる。

(どうしてわたしの名前を知っているの?)

もしかしてわたしが知らない借金が他にもあったのか。それも『若頭』という役職の人物がわざわざ取り立てにやってくるほどの金額で……?

(今だって借金を払えそうにないのに)

ぎゅっと目を瞑って身構える。しかし、男が口にしたのは意外な言葉だった。

「助けてやろうか?」

「え……?」

「俺が、お前の借金を肩代わりしてやろうかと言っている」

突然現れた男の信じられない発言。それに慌てたのはわたしだけじゃない。

「いくら御堂組が肩代わりするったって、この女が背負っている借金は三千万もあるんだぞ?」

スキンヘッドの男がそう口にする。

「お前らもいつまでも金を回収できなかったら困るだろう。ここは余計な詮索はせずに、さっさと金を受け取っておく方が利口じゃないか?」

男が後ろに控えていた部下の一人に視線をやる。この場に不釣り合いな白い紙袋を持った部下が取り立て屋達の前に出て、その中身を覗かせた。

「私達が介入することで生じた迷惑料を上乗せして、五千万円の現金をご用意してあります。あなた方の懐に入れるなり、上に献上するなり……どうぞお好きなように」

　スキンヘッドの男はゴクリと唾を飲み込む。

「確かめても？」と上擦った声で許可を取り、札束に触れた。

　金額を数え終わった取り立て屋達は突然の展開に驚いている様子だったものの、何も聞かない方が得策だと思ったらしい。そのまま紙袋ごと現金を受け取って、早足で走り去っていく。

　わたしは目の前で起きていることが信じられなくて半《なか》ば放心状態となっていた。

「ほら、行くぞ」

　腰を抱かれたまま、階段を降りる。アパートの前にはいかにも高級そうな黒塗りの車が運転手付きで停まっていた。男は後部座席にわたしを乗せると、自分もそのまま横に乗り、車を出すように命令した。

「……あの。どちらに向かっているんでしょうか？」

　走る車の中で、勇気を振り絞って隣に座る男に声を掛ける。一体なんの目的でわたしを助けたのか……。男の真意を知らないと、対策も練れない。

（助けると言ってくれていたけど……）

　それを素直に信じられるほど、世の中は甘くないのだと取り立て屋達によって教えられた。

（――これ以上不幸になりたくない）

　そんな思いから、声が硬くなる。

「着けば分かるだろう。それより俺がどうしてお前の借金を肩代わりしたか分かるか？」

「……分かりません」

「――まぁ、仕方ないか」

ぼそりと呟いた言葉。男はそれ以上語る気はないみたいだ。

沈黙が車内を支配する。結局この先どうなるのか分からなくて俯《うつむ》いていると、男は自分の上着を脱ぎ、わたしに羽織らせた。

ふわりと鼻を擽《くすぐ》ったのは煙草と香水が絡んだ香り。

先程まで男が着ていたジャケットには彼の体温がまだ残っていて、不快ではない温かさが薄手の部屋着一枚だったわたしの背中を包み込んだ。

「あ、ありがとうございます」

お礼を言えば、男は無言のままじっとわたしを見つめた。

その視線が気まずくて、わたしはそれきり、黙り込むことを選んだ。


連れていかれた場所はタワーマンションの高層階で、そこが男の住んでいる場所だと簡単に説明される。

部屋の家具はモノクロで統一されていてどれも高級そうだ。生活感がなくてモデルルームのようだと思った。

(どうして自分が住む部屋に連れてきたの?)

肩代わりした借金について話し合うのなら、他の場所が適切だろう。男の思惑が分からなくて、落ち着かない。

「飲み物は？」

「い、いえ。大丈夫です」

正直なところ、緊張で喉は乾いている。けれど今は早く男の話を聞きたかった。

座るように指示された革張りの黒いソファー。大人しくそこに腰を下ろすと、男もわたしの隣に陣取った。

再び縮まった距離が落ち着かなくて、チラリと男の横顔を盗み見る。

「……御堂龍一《みどうりゅういち》」

「え？」

「俺の名だ。俺だけが、お前のことを知っているのはフェアじゃないだろう」

足を組みながらとろりと目を細めた男はそれだけで一枚の絵画のようだ。こんな状況でもなければ、きっとわたしも見惚れていたに違いない。

「あの、御堂さんはどうしてわたしをここに？」

「ああ。お前の借金を立て替えたのはもちろん、慈善活動じゃない。それは分かるな？」

「……はい」

「お前には、俺に借金を返す義務ができた」

重々しい男の口調にゴクリと喉が鳴る。

すっかり青褪《あおざ》めて俯《うつむ》くわたしに、男はクツクツと喉の奥で笑いを噛み殺す。

それだけでわたしと彼の立場の違いを教え込まれているような気がした。

「そんなに硬くなるな。俺はお前にふたつ、道を示してやろう」

「ふたつ、ですか？」

「ああ。まずひとつ。あの取り立て屋の男達が言っていたように、本番有りの違法な店で働いて金を稼ぐ道」

「……っ」

「もうひとつは俺専属の情人になる道だ」

「情人、ですか……？」

「要は愛人だ。欲を吐き出すためにいちいち女の相手をしたくないし、金銭的に困っているお前なら丁度良い。ただでさえ一人、厄介な身内に付き纏われているから、これ以上、煩わしいことはごめんだ」

何が丁度良いのか。男の言っている意味を理解したくなくて、言葉を詰まらせる。

「それで、どうする？」

「あの、借金は働いて必ず返しますから……」

鷹揚《おうよう》に尋ねる男にわたしは必死に懇願する。しかし、そうは言っても現状働いてもいないわたしの言葉が男に響くはずもない。

「さっき俺が上乗せした分は払う必要はないが、それでも三千万の借金がある。もちろん利子だって付く。普通に働いて返せる金額じゃないのはお前だって分かっているだろう？」

「それ、は……」

「べつに一生縛り付ける気はない。そうだな……俺の情人になるなら、一回三十万で買ってやる。アングラな店で働くよりも稼げるはずだ」

確かに男の言う通り情人になった方が効率良く返済はできるのだろう。

(だけど、男の人と付き合ったこともないのに)

情人だなんてそんな役目。わたしにうまくこなせるとは思えない。

男はじっとわたしが答えるのを待っていた。そこに無理強いの要素はない。

だから、ひとつ。疑念を口にした。

「どうしてわたしなんですか？」

「……別に。俺にとって都合の良い女を探していただけだ」

最低な答えだし、他の所でお金を借りていたわたしをわざわざ選出する理由にもなっていない。

(……でも、さっき彼が現れなかったら、わたしはあの場で取り立て屋達に襲われていた)

もしかしたら同じアパートに住む誰かが通報してくれたかもしれない。

けれどたとえ警察が来たとして、取り立て屋達が合意の上だと主張すれば、わたしはそれに従う羽目になっただろう。

(大丈夫。これはわたしが選ぶことだから)

選択肢があるだけまだマシだ。

(一時的な割り切った関係になるだけだから)

そう決心したものの、言葉にするのには躊躇《ためら》いがある。御堂さんは急かすことなくわたしの答えを待っていた。

唇を噛み締めて、なんとか言葉を絞り出す。

「……御堂さんの」

「うん？」

「御堂さんの情人になります」

覚悟を決めて宣言する。彼は満足そうに頷いた。

だけど、ひとつだけ。どうしても譲りたくないことがあった。

「……ひとつだけ条件を付けても良いでしょうか？」

「言ってみろ」

男らしい低い声に怯みそうになったけれど、条件を言わなければきっとわたしは後悔する。

彼からすれば馬鹿らしいことかもしれないけど、わたしには大事なことだった。

「キスだけはしないで欲しいんです」

わたしはこれまで誰とも付き合ったことがない。何度か男の子と良い空気になっても、次の日になるとなぜか皆わたしを避けるようになった。

その理由が分からないままこの歳になってしまったけれど、初めてのキスくらいは好きな人としてみたかった。

「……分かった。条件を呑んでやる」

　コツリと額を合わせる。

「他にはないな？　ないなら、早速身体の相性を確かめたい」

　息が掛かるほどの距離で、ビクリとたじろぐ。

　了承したとはいえまだ、心の準備は完璧とはいえない。その状態で、ついさっき会ったばかりの人に抱かれようとしている。

　自分で選択したことだけど、本当にこれで良いのだろうか。そう思い悩む時間すら、彼は与える気がないらしい。

「今、ここでですか？」

「ああ」

　まだ昼間だ。それにそんな行為をするのなら、ソファーではなく、ベッドに行くのだろうと思っていた。

（本当にわたしは都合の良い存在になったんだ）

　彼の欲望を解消するだけの道具、それを受け入れたのは自分だ。そう言い聞かせ、ズキリと痛んだ心を慰める。

　性急に服を脱がされて、下着だけの格好になる。

「やっ……」

　彼はスーツを着たままだというのに、自分だけが裸に近い格好にされてしまった。羞恥でカッと身体が熱くなる。今すぐにでも身体を隠したい。しかし、情人になると言った手前それは許されないのだろう。

だから目を閉じて耐えようとしたのに、御堂さんはそんな逃げ道さえも封じ込めようとした。

「目を開けろ。お前が誰に抱かれるか——その目に刻んでおけ」

低い声で命令されて、ゾクリと背筋が粟立つ。

支配者である彼の望む通りに目を開けると、酷薄そうな薄い唇の端が僅かに上がった。

そのまま腕を引かれ、強引に膝の上に乗せられる。とっさに彼の首にしがみつくと、密着した体勢になってしまう。

「……っ！」

身じろぎするようにして動くと、煙草と香水の香りが鼻腔を擽《くすぐ》った。

鍛え上げられた男の大きな身体は硬く、女の柔らかな身体とはまるで違う。

それに怖気付いて離れようとすると、二本の腕がわたしを捕らえた。

「俺を選んだんだろう？　今更離れようとするな」

甘やかな声で叱りつけられると、この先の行為をより強く意識してしまう。

「すみません。その、こういうのは慣れていないというより初めてで……」

尻込みしながら正直に男性経験を言うと、彼は鷹揚《おうよう》に頷いた。

「だったら今から慣れていけ」

べろりとうなじを舐められる。肉厚な舌が肌をなぞる感触が擽《くすぐ》ったくて身じろぐ。

「ひ……ん、っ」

自分でも聞いたことのない鼻を抜けた声。とっさに口を押さえれば、彼は満足そうに笑った。

「感度は良さそうだな」

柔らかな舌でうなじをなぞられる。時折、聞こえるリップ音が羞恥を増長させる。そして彼の手になされるがままになっているうちにどちらの下着も脱がされてしまった。

(見られている)

ついさっき会ったばかりの男性に全て曝け出した格好になっている。

恥ずかしさから手で隠してしまいたいのに、向けられた視線が強くて、身じろぎするのも躊躇《ため》らってしまった。

「綺麗だ」

ありきたりな褒め言葉。なんの他意もないお世辞であるのだろう……きっと彼の顔を見なかったら、そう思っていた。

(なんでそんな顔をするの)

柔らかに細められた目。酷薄そうな薄い唇が綻び『愛おしい』と訴えられているような熱情が垣間見えたのは一瞬のこと。

すぐに彼は冷たい相貌に戻り、わたしを見下ろした。

「にしても色気のない服と下着だ」

床に打ち捨てられた服は、着古したパーカーとロングスカート。どちらも動きやすさを重視したもの。下着の上下は揃っていたけれど、誰にも見せることはないとたかを括っていたそれらに、性的な興奮を煽る役割はない。

「……後でお前に似合いそうな服を贈ってやるか」

頬をするりと撫でられる。じっくりと身体を見られると、その視線を尚更意識してしまう。

「お願いですから、そんなに見ないでください……」

弱々しい声で訴える。しかし彼はそれを受け入れてくれるつもりはないようだ。

「自分の情人を見て何が悪い」

外気に触れた胸の先は緊張からか、少し尖っていて、そこにやましさはないはずなのに、なんだかいやらしく見える。

「触る前から少し硬くなっているな」

「……ぁ……っ」

丸みを帯びた場所が彼の手によって形を変えていく。硬い指先で、胸の先端を捏《こ》ねられると、擽《くすぐ》ったさと、ゾワゾワとした感覚に乱されて、吐息を溢《こぼ》す。

「や……ぁ」

「なんだ。初めてだというのに随分と反応が良い。指の腹で乳首を転がされるのが、気に入ったか？」

円を描くように指の腹で擽《くすぐ》られると、直接的ではなくなった刺激がもどかしいように思えて、腰が揺れ動いていた。

「これだけじゃ足りないのか？」

わたしの反応を見た男がふっ、と笑って、胸の先端を柔らかく引っ掻いた。

「ぁ、んっ……」

「指の腹で転がされるのと、このまま爪の先で引っ掻かれるのとどちらが好きだ？　それとも舌で舐めてやろうか？」

どの責め方が良いか。楽しそうに彼がわたしを問い詰める。

「そ、んなの……分か、りませんっ」

卑猥な質問に答えたくなくて首を横に振った。しかし彼はニンマリと人の悪い笑みを浮かべた。

「なら分かるまで試してやろう」

耳元で囁かれた彼の声は本気だった。

「や。むり、です……」

彼に触れられるたびに身体が快楽を覚えようとしている。吐息は乱れ、しっとりと肌が汗に濡れていく。

（胸だけでこんなに感じるだなんて）

友人達の話では胸を揉まれたくらいではそんなに感じないと聞いていた。それなのに、わたしはこんなにも乱されている。

（わたしがいやらしいってこと？）

「何が無理だ。感じているくせに」

ピン、と長い指に弾かれる。痛いようなむず痒い感覚にうまく対処できなくて身体を捻れば、お尻の辺りに硬い感触があることに気付いた。

(コレって……)

その感触がなんなのか。分からないほど、無知ではない。

抱かれるのだ。あの硬い感触のものが、わたしのナカに挿入《い》れられる。

(怖い)

そう思ったのは瓜を破られる恐怖からだけではない。

胸だけで感じているのに、他の場所を刺激されたらどうなってしまうのか……

いやらしい自分の本性を知りたくなかった。

情人なんて、彼の良いように抱かれて終わるのだと思っていた。淡白な関係になるんだろうと。

欲望を発散させるための道具なのだろうと思っていたのに。

「や……だぁ」

こんなにも乱されるだなんて思いもしなかった。いっそ道具のように扱われていた方が楽だったのかもしれない。

「『嫌』じゃなくて『良い』だろう?」

彼が少し触れるたびにビクビクと背中を仰け反らせる。その結果、胸が突き出てしまい、これではもっと触れて欲しいと強請《ねだ》っているようなものだった。

「なんだ……可愛い反応をする」

喉を仰け反らせて、喘ぐ。

彼の思うがままに、抱かれようとしている。ついさっきとはいえ覚悟を決めたのに、その快楽の強烈さにどうして良いのか分からない。

「ひ……んっ」

長い舌が耳朶《じだ》を悪戯に突いては、啄《ついば》んでいく。時折そこを噛まれるとゾクゾクと下腹部が甘く疼いた。

(これはなに……?)

初めての感覚を知るのが怖かった。

「や、だぁ」

少しで良い。休んで、冷静になりたい。

そう思っているのに、指の腹で胸の尖りを転がされるとジンとした甘い痺れが指先にまで伝わる。

「……あぁ、っ」

初めて受ける愛撫に、どうしたら良いのか分からなくて、逃げ出したくなる。

「感じやすいんだな」

すっかり立ち上がって硬くなった胸の先を摘まれては、柔らかく引っ掻かれる。弄ばれているのだと分かっているのに、快楽を覚え始めた身体は強張《こわば》っていた力が抜けて、くたりと彼の腕にもたれかかる。

「ひっ、ああっ……ん」

丹念に時間を掛けて施された愛撫によって、身体は心を置き去りにしたまま、与えられた快楽に声をあげて悦んでいた。

「いやらしいな」

咎める声はどこか甘い。

硬い指先が秘めた場所に触れた。彼が指を少し動かせば、濡れた音が連動して響く。それはわたしが胸だけで感じてしまった証拠なのだろう。

そっとソファーに押し倒されて足を広げられても、抵抗しようと思う余裕もない。果てのない快楽に翻弄されている。

いっそこのまま意識がなくなれば、眠っているうちに抱いてくれるのではないか。

しかし御堂さんはそんな甘い人ではないらしい。

現実から逃避しているうちに、彼の端整な顔が秘部に近付いて、柔らかく息を吹きかけられた。

秘めた場所が彼の目に暴かれようとしている。その事実にわたしは今度こそ逃げたくなった。

「や、ぁっ！」

「……もう濡れてきている」

「ひっ、ん。そんなところで、喋らない、で」

赤く充血したそこに息を吹き掛けられると擽《くすぐ》ったくて、ピクピクと脇腹が反応する。

(まだ今日はお風呂にも入っていないのに)

ついさっき会ったばかりの男性にそんな場所を晒しているのだと思うと、堪えようのない羞恥に苛まれる。

「やっ、おねがいですから……」

「こら。今更暴れるな」

せめて少しでも彼の視線から逃れたくて足を閉じようとしても、離してはくれなかった。それどころか更に彼の顔が近付く。

「だめっ！　だって、そんなの汚いっ！」

彼が今からしようとしていることが分かって、慌てて声をあげても、無意味な抵抗に終わる。

赤い舌でゆっくりと秘裂をなぞられて背徳感に押し潰されそうになる。

「汚いものか」

必死に言い募って彼の慈悲を乞う。しかしわたしが抵抗する分だけ、彼はより執拗に責め立てた。

舌で舐られ、じゅるじゅると音を立てて吸い上げられると、耳から犯されているような気分になる。

「あ、ああっ……！」

快楽の波が激しくうねる。声にならない悲鳴をあげれば、犬歯で柔らかく陰核を噛まれ、その強い刺激に目の前が真っ白になっていく。

「ひぃ、ぁあ、んっ」

喉を仰け反らせての絶叫。大きな快楽に浮かされて、お腹の奥が苦しいくらいにヒクヒクと痙攣している。

「イったか」

「イ、く？」

身体を弛緩させて、ボンヤリと彼の言葉を反芻する。言っている意味が理解できなくて、荒い息を吐き出しながら、ただ音を繰り返した。

「ほのかが気持ち良いと思った証拠だ」

彼の声がどこか遠くに聞こえる。凄まじい快楽を体験した倦怠感からか、さっきから瞼が重くて仕方がない。うとうととした眠気。その流れに身を任せられたらどんなに楽だろう。

「まだ終わりじゃないぞ」

しかし御堂さんはそれを許さないといわんばかりに陰裂をなぞってから、ゆっくりとナカに指を挿入《い》れていく。

「ん、ん……」

異物感に眉根が寄る。彼の長い指先はこれまで触れることを誰にも許さなかったその場所を暴こうとしているのだ。少しずつ奥へと侵入する彼の硬い指先。陰核を親指の腹で擦られると、イったばかりの身体が大袈裟なくらいに跳ねる。

（初めてなのに、なんでこんなに感じちゃうの？）

身体だけの関係なのだから、適当に挿入して終わらせてくれたら良いのに。

そうすれば、好きでもない相手に感じてしまう自分の淫らな本性を知らなくて済んだ。

貪欲に腰を揺らして悦ぶ自分の浅ましさ。指が深く侵入するごとに、くちゅくちゅといやらしい音が増して、羞恥に責め立てられる。

「初めてのくせに美味しそうに俺の指を咥え込むな。ほら、俺が指を引き抜こうとしたら、ナカのヒダがうねって絡み付く」

上機嫌に説明する彼の言葉は、わたしを浅ましいと責め立てているように聞こえた。

(泣いたら駄目なのに……)

借金を返すために我慢しなければと思っていた。けれどここ最近、あまりに色々なことがあったせいで、心も身体も疲弊していた。それが涙の粒となって、頬を伝う。

(こんなタイミングで泣いてしまうだなんて)

これでは彼を拒んでいるみたいじゃないか。せめてこれ以上泣かないようにと唇を噛み締めて、さりげなさを装って顔を背けようとした。しかし、それよりも早く御堂さんが気付いてしまう。

「どうして泣いている?」

痛いのか、という問いに首を振る。ゆっくりと慣らされたからか今のところ痛みはない。耐えられないのは心を置いてけぼりにして快楽に浸ろうとする自分の身体。痛くないと答えれば、ほんの一瞬だけ彼の顔が強張った。

「……俺に抱かれるのは嫌か?」

泣かれて迷惑なはずなのに、彼は労わるように指の腹でゆっくりとわたしの涙を拭いとる。その仕草に甘えたくなったのはどうしてなんだろう。

(甘えたいだなんて……わたしは何を考えているの?)

彼がわたしを選んだのは、ただ単に自分の欲を好き勝手に発散できる相手が欲しかったから。

それにわたしだって不特定多数の男に抱かれたくないという理由で彼を選んだに過ぎない。

（ちゃんとしなきゃ……）

いくら心が弱っていたとしても、初対面の男に甘えたいだなんてどうかしている。

けれど、彼に触れられるのは不思議と嫌悪感がなかった。それどころか、気持ち良いとさえ思っていたのだ。

「嫌じゃありません」

「……そうか。なら良い」

御堂さんは立ち上がると、ダイニングボードの引き出しから茶封筒を取り出して、中身をわたしに差し出す。渡されたのは帯に纏められた分厚い現金だった。

「このお金は？」

「お前の労働の対価だ」

「でも、御堂さんは……その」

取り決めでは三十万円だったのにこれでは多過ぎる。それにあなたは最後までわたしを抱いていない。そう言いたいのに、直接的な言葉を口にできなくて濁す。

「どうせこの金で借金を返すんだろう」

つき返そうとしたお金を受け取ることなく、彼は背を向けて部屋を出ていこうとする。

「御堂さん」

呼び止めたくせに、何を言えば良いのか分からない。

わたしが口籠《くちごも》ったままでいると、振り返った御堂さんは苦笑した。

「用事があるからしばらく外に出る。部屋の中は好きに使って構わない。腹が減ったら冷蔵庫の中の物を食べても良いし、風呂に入っても良い。その代わり、外に出るな。できるか？」

彼の言葉に頷き返す。

借金を返すまで、逃げるわけにはいかない。

御堂さんはわたしが大人しく従う様子を見て、柔らかく口の端を綻ばせる。

「良い子だ」

その笑顔はあまりに鮮やかで、見惚れそうになった。

幕間一　ｓｉｄｅ龍一

ほのかが居る部屋を出て、階下の仕事部屋に入る。

このマンションはいくつか持っている不動産の一つで、都合良く使っている場所だった。

ここなら組の連中が部屋の前をうろついてもなんの問題もない。ほのかが逃亡を企てても、組の連中がそれを阻む。

逃がす気はなかった。

たとえこの先、全てを知った彼女が泣いて嫌がろうと、離してやる気はない。

（みっともない男だ）

人払いをした仕事部屋で、だらしなく椅子の背凭《せもた》れに背中を押しつけ、顔を覆って天井を仰ぐ。

こんな格好悪い姿、ほのかには見せられない。

「……随分と怖がらせてしまったな」

あれだけ露骨に脅して、自分の情人になるように迫ったのだ。その挙句、まだ気持ちの整理がついていないほのかを強引に抱こうとして、泣かせてしまった。

（いっそのこと俺に抱かれるのは嫌だと抵抗したなら、そのまま犯してやれたのに）

拒絶されて、逃げられるくらいならば、無理矢理にでも繋ぎ止める。

そのための手段はいくらでもある。

けれど、ほのかが嫌ではないと答えたものだから……つい心が揺らいだ。

――もしかしたら俺が本当に欲しているものを手にできるのではないか。

そう思ってしまった。

(とんだ我欲だ)

苦い感情が胸に込み上げる。『愛』に溺れた者の末路など碌なものではないと知っているくせに。

『御堂』の血を引く人間は想いを寄せた異性にひどく執着してしまう。

愛、といえば聞こえがいい。

しかしそれは呪いみたいなものだ。

たとえば、そう……。俺の両親は『愛』に狂って死んでしまった。

(愛されたいと思うからこそ苦しむことになるんだ)

であれば、最初から不相応な夢を見なければいい。

両親の二の舞になりたくないのであれば、これから先、自分を律しなければならない。

(……俺にできるのか？　ついさっきだって強引にほのかを抱こうとしたのに)

長い間、彼女に妄執を抱いてきた。

彼女のことを思えば、遠目から見て満足するべきだったのだ。

(愚かな選択をしてしまった)

本当に彼女を愛しているのならば、ほのかの知らないうちに借金をなかったことにしてやれば良かったのだ。

そうすれば彼女があれだけ追い詰められることもなく、今まで通り平々凡々な人生を歩めていけただろう。

だが、彼女を手に入れる口実ができたと悪魔が囁いた。

(闇金なんかに関わらなければ、この先も『見守る』だけで済んだのに)

ほのかの前に姿を現した時に覚悟を決めた。一生彼女から愛されない覚悟を。

しかしたとえ愛されなくても、身体だけは自分のものだ。

(……ほのかも、誰彼構わず人に優しくするからこうなるんだ)

もし『あの時』、彼女が見て見ぬふりをしていれば、こんな厄介な男に好かれることはなかったのに。

ほのかは俺に気付いてはいない様子だったし、今更彼女に過去のことを尋ねようとも思わない。

長い月日の間にすっかり燻ってしまった恋情。

ほのかも災難だ。事情も明かされないまま、出会ったばかりの、それもカタギではない男の情人になるだなんて、不運この上ない。

(だが、俺はほのかと違ってお人好しじゃない。金で縛り付けただけの関係とはいえ、手放してなどやるものか)

可哀想に。

これからほのかは借金を返すために俺に抱かれなくてはいけない。

彼女の泣き顔を思うとなけなしの良心が疼くが、そんなことで彼女を解放する気はない。

(ほのかはきっと借金を返し終えたら自由を得られると思っているだろうが……)

たとえ彼女が本当に返済したとしても、離してやる気はない。

一生縛り付ける気はない、だなんて彼女に自分を選んで貰うための詭弁に過ぎなかった。

もし返し終えたとしても別の弱みを握るか、新たな借用書を用意するだけだ。

(相手が悪かったな)

彼女が借りていた金貸し屋達よりも、自分の方がずっとタチが悪い。

だが、何年俺が指を咥えて見てきたと思う。欲しくて、欲しくて、ずっと見てきた相手を囲える。

そこにほのかの気持ちがなくても、もう今更関係ない。

自分が抱く一方的な恋情の焔。苛烈な執着心は年々燃え盛るばかり。

『あの時』から、俺は彼女を愛している。

厄介な男に捕まったほのかに同情するが、手放す気はない。

逃げ出すような真似をするようであれば、容赦はしない。

四肢を鎖に繋いで、心身ともに、俺がいないと生きていけないように教え込んでやる。

第二章

御堂さんが帰ってきたのは日付が変わる頃だった。

彼はリビングに居るわたしを見つけると目を細め「何か食べたか」と尋ねた。

(せっかく用意してもらったけど……)

冷蔵庫に入っていたのは有名な料亭のお弁当と、デパ地下のお惣菜。その他に、パンやおにぎりがダイニングの机の上にあった。

けれど初めての『仕事』に失敗したことに落ち込んでいて、食欲が湧かなかった。結局わたしが口にしたのは冷蔵庫に入っていたペットボトルの水だけ。

用意されていた物に手をつけなかった気まずさから、ぎこちなく首を横に振った。

「昼間、俺の部下が甘いもんを持ってきただろう？　それにも手を付けなかったのか？」

「……すみません」

「謝罪を聞きたいわけじゃない。用意した食事が気に入らなかったか？」

眉間に皺を寄せた御堂さんは長い足でわたしとの距離を詰める。当たり前のようにソファーの隣に座った彼に緊張して、俯《うつむ》く。

「食いたい物がなかったか？　もしそうなら今から用意させるが……」

わたしが怯えたことに気付いたのか、彼の口調がゆっくりなものに変わる。その声に釣られて、のろのろと視線を上げる。

「せっかく用意して頂いたのに、手を付けずにすみません。最近あまり食事を取れていなかったからか、食欲がすっかり落ちていて……」

「なんだ。俺の情人になるのが嫌で、ハンガーストライキでもしているのかと思ったが……全く食べないのは問題だな。何か消化が良さそうなものを選んで買って来させるか？」

膝に乗せられて、髪を撫でられる。まるでペットみたいな扱いだけど、彼にとって実際わたしはそうなのだろう。香水と煙草の匂いが鼻を擽《くすぐ》る。煙草の匂いが昼間のことを思い出させるものだから、どうにも落ち着かない。

「……あの、重いですから」

「折れそうな腕をしておいてよく言う。腹も薄いし、もう少し肉を付けても良いくらいだ」

「……ふ……っ」

不用意にお腹を撫でられると擽《くすぐ》ったくてくぐもった声がもれる。

彼もそれに気付いたのか、脇腹を指先で突いて弄び始めた。

「随分と良い反応をする」

「擽《くすぐ》ったいの、苦手っ……なんです……」

身を捩って逃れようとすれば脇腹を撫でられる。薄い皮膚で覆われた場所を責められると、途端に息が乱れていく。

「そういえば、首と耳も弱かったな」

耳に息を吹き込まれると覚えたばかりの甘い快感が身体を駆け巡る。

「……ぁ」

耐えようと背中を丸める。しかしそれを許さないとばかりにまた脇腹を大きな手でこしょこしょと擽《くすぐ》っていく。

「……やっ、ほんと、に……むりっ……！」

身を捩って逃れようとしても、御堂さんは離してくれない。

だから止めるように訴えたというのに、全く止める様子がない。それどころかガッチリとわたしの身体を抱きかかえ、うなじを舌で甚振《いたぶ》りはじめた。

「ひっ、あ……あぁ」

首筋をなぞるようにして舐められる。ぬめぬめとした感触はまるで生き物のようで、わたしが色濃く反応する場所を見つけてはそこを重点的に責める。

「み、どう……さんっ」

時折吸い付いたかと思うと、官能を誘うように舌先で撫でていく。

「ひ……ぅ」

溜まった唾液が口の端から溢《こぼ》れようとするのを懸命に耐えながら、なんとか飲み込めば、脇腹を擽《くすぐ》っていた手が胸元へと伸びた。

やわやわと胸を揉まれると、未だ上がったままの息が熱く湿ったものに変わっていく。

「みど、さん……」

今から彼がするのは昼間の続きなのだろう。擽《くすぐ》られたことで身体はすっかりと弛緩し、強張《こわば》ることはなかった。

「悪い。少しやり過ぎたか？」

こてりと彼に身体を預けて、生理的な涙が溜まった瞳でぼんやりと彼の方を見つめる。

「昼間の続きをしても良いか？」

熱っぽい視線にあてられたようにして、こくりと小さく頷く。

彼はわたしを横抱きにして、ベッドまで運んだ。

「御堂さん……」

押し倒された形だというのに、彼の眼差しが優しかったから、さっきのように怖いとは感じなかった。

昼間の性急さが嘘のように、今度はゆっくりと服を全て脱がされる。

「ああ、やっぱりほのかの身体は綺麗だ」

首すじや鎖骨、胸にキスの雨を降らせていく。時折ちゅっと吸い付いては、赤い花を咲かせて、
御堂さんは満足そうに唇の端を上げた。

「ほのかは肌が白いから、綺麗に色付くな」

臍の横に付けた赤い刻印を撫でる姿に、彼に大切にされているのではないかと錯覚しそうになる。

指の先で臍の周りをくるりとなぞられて、こそばゆさよりも、小さな快感を拾おうとしている自

分の変化に驚く。

「……んっ」

彼に感じているると知られるのが恥ずかしくて唇をきつく閉じようとすれば、乳首を爪の先で弾かれる。

痛いくらいの刺激なのに、じくじくと胸の先が甘く疼いた。

「ひぅ……んんっ」

「声は我慢せずに、素直に出した方が可愛いぞ」

そのまま舌で立ち上がり掛けた胸の中心を吸い、空いた手でもう片方の乳房を包むようにして捏《こ》ねられる。

「ん……」

くるくると乳輪をなぞられたかと思うと、時折悪戯っぽく尖った胸の先を弾いては、ビクリと反応するわたしを面白がるようにして胸ばかりを責め立てられた。

「ふっ……あ……ぁ」

「……少し痛い方が好みか？」

それぞれに違う刺激に翻弄されて、吐息が次第に濡れていく。感じやすいのだと思われたくなくて、意地の悪い質問に首を横に振ると、胸の先を甘噛みされた。

「ひっ、ぁあっ！」

予想できなかった刺激に、大きく喘ぐ。これじゃあ、まるで彼の言葉が正しいと証明しているみたいだ。

（痛いのが気持ち良いだなんて……）

被虐趣味なんかなかったはずだ。それなのに、御堂さんに触られることで、自分の新たな性癖が顔を覗かせようとしている。

「いっ……ゃ」

「何が嫌だ？」

「だって、こんなに反応しちゃって……恥ずかしいです……」

「俺は嬉しい。感じているほのかは可愛いから」

舌で胸の先端を捏《こ》ねられると、体内で燻る熱が大きくなっていくのを嫌でも自覚する。

「んっ、ああ……」

それが弾けるのが恐ろしい。けれどそれと同じくらい、昼間の快楽がもう一度得られるのかと思うと、お腹の奥がきゅんと疼いた。

（わたし、どうなるの？）

いやらしい反応ばかりする自分が怖かった。だから彼の手から逃れようと腰を浮かせたのに、陰核を摘まれて転がされる。

「ひぁ……あぁ、んっ！」

悲鳴に近い甲高い声。背筋に熱い奔流がビリビリと駆け抜け、下肢がビクビクと痙攣している。

鮮烈な刺激にお腹の奥の疼きが強くなる。

「昼間よりも濡れているな」

浅い場所に指をつぷりと埋められ、クチクチと淫らな水の音が聞こえた。

「ひっ、んん……ぁ」

陰核を別の指で虐められながら、ナカをかき混ぜられると、恥も外聞もなく、喘ぐことしかできない。

「ああ、あっ……！」

いつの間にか彼が侵入させた指は三本に増え、その指が動くたびに身体が小刻みに跳ねる。膨れ上がった陰核は御堂さんが与える刺激に悦んで、てらりと蜜にまみれる。

「御堂……さん、っ」

何かに縋り付きたくて何度も彼の名前を呼ぶと、彼は浅い息を吐き出して、わたしをきつく抱き締めた。彼の温もりが暖かくて、心地良い。できることなら、ずっとその温もりに浸りたいと思うほど……

「ほのか……、っ」

御堂さんも荒々しく服を脱ぎ捨てて、裸になる。均整のとれた腹筋が割れていて逞しさを感じる。さらに視線を下げれば、反り勃つものが目に入って、その大きさと長さに怖気付きそうになった。

「……怖いか？」

本音を言うと、あんな太く大きなモノを受け入れる自信はない。下手をしたら壊れるのではないかとすら思う。

でも昼間。あの時、御堂さんは、戸惑って泣いたわたしを見て、行為を止めてくれた。

だから、わたしも頑張りたいと思った。

「だいじょうぶ、です……」

彼はわたしの髪を撫で、手慣れた様子でベッドサイドに置いてあったゴムをつけた。ゆっくりと、太い切っ先がわたしのナカに挿入ってくる。

「いっ……あぁ！」

十分に慣らされたものの、灼熱の棒がナカに入ってくる痛みに、顔を顰《しか》めて耐えようとする。御堂さんはわたしの様子を見て、進むのを止めた。

「痛いか？」

彼だって中途半端な状態で我慢しているのだから辛いはずだ。その証拠に形の良い眉をきつく寄せている。それなのに初めてのわたしに気を遣って、待ってくれているのだ。

「続けて、大丈夫ですから」

浅く息を吐き出しながら、彼を見つめる。もう動いても良い、我慢しなくても良い、と視線で訴える。けれど彼はそれ以上進めることなく、感じやすい胸や陰核を刺激し始めた。

「み、ど……さん」

痛みに縮こまっていた身体が、快楽によって蕩けていく。乳首を舌で吸われ、陰核を親指の腹で撫でられるとビクビクと腰が痙攣する。

「気持ち良いか？」

答える余裕もなく、快楽に喘ぐ。

下腹がひくつき、身体の奥が熱に浮かされていくのを感じていた。

「み、どさん……」

助けて、と視線で訴える。この興奮を埋められるのは彼だけだ。だらしなく涙と涎でぐちゃぐちゃになった顔で、彼の背に縋った。

「ほのか……！」

「うごいて、ください……」

甘やかに囁くとナカのモノが一際大きくなったのが分かった。

(御堂さんも興奮しているんだ)

興奮しているのはわたしだけではない。そう思うとひたすらに嬉しかった。

「……っ、今度はもう止めてやれない」

腰を高く持ち上げられると、お尻から垂れた愛液がポタポタとシーツに溢《こぼ》れ落ちる。

「ああっ……！」

慎重だったさっきとは違って、一気に貫かれる。待ち望んでいた充足感と、爪の先まで痺れるほどの気持ち良さ。快楽に堕とされるのではないかと冗談抜きに思った。

「繋がっているな」

荒々しく息を吐き出して、彼の手が何度も繋がっている場所に触れていく。

「俺とほのかがひとつになっている」

どろりとした甘い声。熱に浮かされたわたしはその呟きの意味を聞く余裕もない。

「動くぞ」

長い時間を掛けて、蜜で蕩けたナカは抽送《ちゅうそう》を繰り返される。その度に、気持ち良さを知っていく。

「ひ……あぁっ、ん」

最初はわたしがどこで感じるか探るように遠慮がちだった抽送《ちゅうそう》が、繰り返す内に激しいものに変わっていく。

腰を掴まれて思い切り揺さぶられると視界が上下に揺らめく。いつの間にかわたしの足は彼の背にがっしりと絡んでいて、身体全体が彼に抱かれることを受け入れていた。

「っ、そんなに、締め付けるな」

子宮の入り口を突かれると、お腹の奥がジンと震えて、戦慄《わなな》く。

「ああ、ん……ぁ……ッ」

お腹の奥の行き止まり。そこに彼の太い切先が当たれば、ビリビリとした気持ち良さが指先まで伝わる。

「ここが良いか……」

わたしの反応を見た御堂さんは重点的にそこを責め、密着したまま小刻みに揺すっていく。

「ひ、あぁ……っ、んん」

頭の中は快楽に染まって、もう何も考えられなかった。自分が感じるまま、ひたすらに身悶える。

弱いところばかり責め立てられ、二人の体液がグチャグチャに混じり合う。

「ぃ……あぁ……ぁぁ！」

そして。彼のモノが下腹を大きく突いたその瞬間。快楽が荒波となって押し寄せた。

「んっ……ぁあ…、っ」

堪えきれない快楽が目の前で白く弾けると、彼の男根が大きく膨らんだ。

「ほのか……。ほのか……！　ああっ、もう俺もイクぞ！」

きつく眉根を寄せた彼は一際熱い吐息を混ぜながら、わたしの名前を何度も呼んだ。

「みどうさん……」

ドクドクと迸った白濁の情欲が薄い皮膜越しにお腹の奥に注がれる。

目を閉じた後に聞こえたのは「愛している」という囁き。それは情事が終わった後の甘やかな興奮の残骸だった。

第三章

目を覚ますとお互いに裸のまま、わたしは彼の腕に抱かれていた。

『情人』というからには、ドライな関係になるのだろうと思っていた。だからこそ、この状況に驚く――だってこれではまるで恋人同士みたいだ。

(それに昨日『愛している』って……)

その言葉がただの睦言なのだとしても、頭から離れない。恋愛経験のない初心者を相手に、あんなこと言わないで欲しい。

思い出すだけでドキドキする。

(だって愛しているなんて、言われたことない)

かぁっと頬が赤らむ。それを自覚して、顔を手で覆った。

チラリと手の隙間から彼を覗くと、御堂さんはまだ起きる様子がない。

それならせめて、わたしだけでも服を着ておきたい。そう思って、もぞりと身体を動かした。

(起こさないようにしなきゃ……)

そうっと抜け出すつもりだったのに、眠っていた彼がぼんやりと目を開けた。

彼の眼差しは朝日も相まってか昨日よりもずっと柔らかい。後ろに撫で付けていた前髪が下りていて、昨日よりも若く見える。

「あ。おはようございます」

「ああ……」

彼も起きたことだし、シーツを纏って、そのまま離れようとした。けれど御堂さんはわたしを手繰り寄せて、身体をくっつける。お互いに服を着ていない状態だったから、彼の胸に直接頭を乗せる形になった。

体液に濡れてベタついていたはずの肌が、今はすべすべと心地いいことに気が付いた。

「……あの、もしかして御堂さんがわたしの身体を綺麗にしてくれたんですか？」

「汚れたままじゃ気持ち悪いだろ。俺が風呂に入るついでだ。気にするな」

そうは言われても自分だけぐうすか寝てしまっていたことはバツが悪い。

掠れた声で謝罪とお礼を言うと彼は瞠目した。

「昨日から思っていたが、随分と律儀なんだな」

「そうでしょうか？」

「……ああ」

御堂さんはわたしの頭を柔らかく撫でて起き上がる。

「御堂さん？」

「朝食の用意くらいしてやる。といっても元々冷蔵庫に入れていた惣菜を温めるくらいだが」

「それならわたしも手伝います」

「まだ身体を動かすのはきついだろう。シャワーでも浴びて待っていれば良い」

そう言ってくれたのは恐らくわたしに一人の時間を与えるためなのだろう。

彼の気遣いに気付いて、素直に頷いた。


熱いシャワーを浴びながら、ぼんやりと考えるのは御堂さんのことだ。

(御堂さんにとってわたしはお金で買った女)

彼が抱きたい時に抱かれて、『用』がなければ放っておかれるのだと想像していた。

(でも、この状況って……なんだか同棲したての恋人みたいじゃない？)

そう思うとなんだか心臓が落ち着かない。

(……御堂さんが居なくて良かった)

こんなあからさまに意識している姿を見られたら、それこそお役御免だ。

(だって、しょうがないじゃない)

わたしは他の男性と付き合ったことがなかった。

(男の人に抱かれたのも……初めてだったんだから)

そうだ。べつに御堂さんが『特別』になったわけではない。きっと初めての経験に戸惑っているだけ。抱かれただけで、意識するなんて馬鹿みたいだ。

火照った頬を冷やすためにシャワーの温度を低くする。

(ちゃんと落ち着かなきゃ……)

だって彼は欲望を吐き出すための都合が良い道具としてわたしを選んだだけ。彼からすればなんてことない存在なんだから。

（わたしだけ意識しないようにしないと）

慣れていけば、きっと平静を保てるようになるはずだ。そうじゃなきゃ、この先やっていけない。

（御堂さんはわたしで大丈夫だったのかな？）

彼は女性に慣れている様子だった。そんな人を相手に満足させられたのか……

（やっぱりお前じゃ駄目だ、って言われたら、どうしよう？）

ハタリとその可能性を思い至った。

（……いや、でももし駄目なら、ハッキリと言われるはず）

恐らく。多分。自信がないけれど……

そうでなければ、わざわざ彼が朝食を用意する理由がない。だから大丈夫だと思いたい。

（それにしても御堂さんはどうしてわたしを選んだの？）

そもそも借金を抱えていたわたしの事情をどうやって知ったのだろう。

（余計な詮索をしても、嫌がられるだけだよね）

気にはなっても、それで御堂さんに鬱陶しがられては本末転倒だ。

はぁっ、と溜息を吐いて、彼の顔を思い浮かべる。やはりどうしても昨夜の告白が脳裏に過《よぎ》る。

（昨日の夜。御堂さんが『愛している』って言っていたけれど……きっと深い意味はないのだろうし）

本気にするなんて、馬鹿みたいだ。昨夜の囁きは所詮、情事特有の甘やかな嘘なんだろう。

(ちゃんと弁えなきゃ……)

御堂さんはわたしに『割り切った関係』を求めている。

御堂さんにお金で買われている以上、わたしはその役割をきちんと果たさないといけない。

わたしの心が揺れ動いたのは弱った時に、優しくされたから——そうに決まっている。

＊＊＊

着替えに渡されたのは御堂さんの黒いYシャツ一枚だった。

袖を通すと想像以上にブカブカで、袖の部分を捲って長さを調整した。

(御堂さんってこんなに大きいんだ)

鏡で自分の姿を確認する。ボタンは全部閉めているものの、少し屈めば、胸元が開きそうで落ち着かない。

(でもあんまり御堂さんを待たせるのも悪いし)

まぁ、派手に動かなければ大丈夫かな?

そう思い直して、適当にタオルで髪を拭いて、キッチンへと向かうことにした。

遠慮がちにドアを開けると御堂さんはその音に気付いたのか、視線をわたしの方へ向ける。

「あの、お風呂ありがとうございました」

抱かれはしたものの、まだ御堂さんとの距離感が分からなくて、なんだかぎこちない態度になる。

（ああ。これじゃ『意識しています！』って言っているみたいじゃない）

意識しないと決めたばかりなのに、何をしているのか……

自分の不甲斐なさに俯《うつむ》いていると、御堂さんが近付いてきた。

「髪、乾かさなかったのか？」

さらりと髪を一筋掬《すく》われる。そして、彼はわたしの手を取ったかと思うと、洗面所へと向かった。

「ドライヤーは鏡のところにあっただろう？」

「えっと、朝食の用意もしてくれているのに、あまり御堂さんを待たせるのはどうかと思いましたので」

「そんなこと気にするな。せっかく綺麗な髪なんだ。大事にしてやれ」

白いタオルで髪を拭かれる。その仕草は壊れ物を扱うように丁寧だ。

「御堂さん。自分でしますよ！」

「お前に任せたら、また急いでしまうだろう？　なら俺がやる方が良い。まだ身体が辛いようなら、椅子に座るか？」

「いえ、大丈夫です！」

椅子を準備しようとする御堂さんを慌てて止める。確かに腰は痛いけれど、わざわざ取りに行かせるのは心苦しい。とっさに彼の腕を掴むと、昨夜抱かれた時のことを思い出して、ギクシャクとした態度になってしまう。

「……もしかすると俺は意識されているのか？」

彼の声が頭上から落ちる。

（ああ、やってしまった）

彼が求めているのはビジネスライクな関係。そこに余計な感情なんかいらない、と言われていたのに。

（面倒臭そうな顔をされていたらどうしよう）

俯《うつむ》いた視界では大理石の床くらいしか見えない。彼に触れてしまった手をぎゅっと握り、言葉を募る。

「すみません。男性にあまり慣れていなくて……」

それだけだ。顔を上げて、他意はないと視線で訴える。

「……ああ、そうか。だったら早く俺に慣れるようにしておけ」

そう言って、濡れた髪を一房とり、キスをした。驚いて彼の名前を呼べば、彼は何食わぬ顔でドライヤーのスイッチを入れる。

わたしばかり意識することがなんだか悔しい。

（どうせ御堂さんは慣れているんだろうけど）

今だって御堂さんの手は髪を乾かしながら、時折首筋を這うようにして撫でてくる。触れられるたびに反応してしまうものだから、御堂さんがクツクツと笑っていた。

（完全に揶揄《からか》われている）

むっつりと鏡越しに彼を見つめる。御堂さんはそれに気付いたはずだ。なのに知らないフリをして、耳を喰んだ。

いつの間にかドライヤーはスイッチを切られ、そろりと彼の舌が耳孔へと侵入してきた。ねっとりと肉厚な舌で舐められるとゾクリと肌が粟立つ。

「……ぁ、御堂さん……」

止めて欲しい、と弱々しく訴える。昨夜のこともあって、ただでさえ立っているのもやっとの状態だ。

それなのにこのように責められては、足が情けなく震える。きっと御堂さんに後ろから腰を抱かれていなければ、床に座り込んでしまっただろう。

すっかり脱力したわたしを彼が支えてはいるものの、この状態にわたしを追いやったのは御堂さんだ。

「み……ど、さん」

途切れ途切れに彼を呼ぶ。それに効力があったのかは分からないけれど、悪戯に触れていた手の動きが止まったのは事実だ。

「ああ、悪い。少し遊び過ぎたな」

くしゃりと乾いた髪を撫でる。そこに先程までの艶っぽい空気は含まれていない。

中途半端に昂った熱を鎮めようと、息を吐き出す。

「……あまり揶揄《からか》わないでくれると助かります」

「ほのかがイイ反応をするもんだから、ついやり過ぎてしまった。もし立てないようであれば、詫びとして、お姫様抱っこで運んでやろうか？」

「いいえ。遠慮しておきます」

「なんだ。昨日は素直に受け入れたくせに」

キッパリと断れば、彼はわたしの腰に廻していた腕を離した。

「……え」

支えがなくなったことで、呆気なく身体が崩れそうになる。

「ほら、意地を張るな」

ふわりと急に抱かれる浮遊感が怖くて、とっさに彼の胸元に縋った。

「あの。落ち着けば、きっと大丈夫ですから」

だから降ろして欲しいと訴えたのに、彼はそれを気にする様子もない。

「お前は俺の情人なんだろう？　なら、こんな時くらい素直に甘えておけ」

極上の微笑。それを特等席のような場所で見て、ドキリと鼓動が大きくなった。

赤くなった頬を見せないように御堂さんの肩に顔をくっつけると、彼の香水の香りが鼻を擽《くすぐ》った。

(駄目だ。こんなのどうやっても御堂さんを意識しちゃう)

このまま彼のペースに乗せられると調子を取り戻せないままだ。

「御堂さん……」

「ん？」

「いつもこんな風に女性を甘やかしているんですか」

だとしたら罪深い。こんな思わせぶりな態度を取られれば、誰だって自分が御堂さんの『特別』存在なんだと認識してしまうだろう。

「どうだろうな」

煮え切らない態度を取る彼に溺れないようにしなければならないと強く思った。

＊＊＊

結局わたしは御堂さんに運ばれて、ダイニングの椅子に降ろされた。

テーブルの上には大振りのクロワッサンにルッコラとトマトのサラダ、かぼちゃのポタージュが並んでいて、ここ最近食欲なんてなかったはずなのに胃が空腹を訴える。

「美味しそうです」

「それは良かった。飲み物はコーヒーと紅茶があるが？」

「えっと。自分で用意しますよ」

「さっきまで立てなかったヤツが何を言っている。良いから大人しく俺に奉仕させておけ」

こつりと額を重ねられる。吐息すら感じる距離。身じろぎすれば、唇さえも重ねてしまいそうなほど……

「わ、分かりました。飲み物はお任せします。だから、少し離れてください」

「そんなに邪険にするな。寂しいだろう？」

殊勝なことを口にしているものの、彼の手はわたしの手を絡め取っては握り直している。わたしが引けば引くほどに、距離を縮めてきていた。

(また揶揄《からか》われているんだ)

彼の腕という二本の屈強な檻に囲われている以上、今のわたしに逃げ場はない。

この状況をどうにか打破しなければと思うのに、変な緊張で頭がうまく回らない。

「だって御堂さんが……」

「俺が？」

続きを催促するようにして空いた手で唇をなぞられる。

ああ、もう無理だ。こんなフェロモンの塊のような人。恋愛初心者であるわたしに対処できるはずがない。

もしもわたしがロボットだったら、ぷしゅう、と音を立てて、壊れてしまったかもしれない。そんな馬鹿なことを考える。

そうしているうちにも、御堂さんの顔が近付いてきたものだから、焦るあまりに本音を口に出してしまった。

「格好良いから緊張するんです」

「は……？」

口を滑らせると妙な間が落ちた。

「み、御堂さん？」

恐々と彼を呼ぶ。しかし反応が返ってきたのは数瞬後。

「お前は……」

怖いくらいに真面目な顔をした御堂さんがわたしを見つめ、そして尋ねた。

「……俺の顔が好ましいと思っているのか？」

「えっと、はい。駄目でしたか？」

恋愛感情を抱くな、と言われているものの、顔に関してはまた別の話だ。並の俳優よりも整っている男らしい彼の顔を前にして、格好良いと感じるなと言う方が無理がある。

「すみません。もし御堂さんが嫌なようでしたら、なるべく顔を見ないようにしますから」

「……いや、良い」

再度、額を合わされる。極上の顔が近付いて、心臓が忙しなく動く。

「み、御堂さん」

「ん。どうした？」

なんで急にこんなことをするだろう。

そう尋ねたいのに、彼があまりに美しい笑みを向けるものだから、見惚れるようにして固まる。

「ほら。この顔が好きなんだろう。ゆっくりと見ろ」

さっきみたいに揶揄《からか》われているのだろうか。そうだとしたら、心臓に悪いから止めてほしい。

「ちょっと、近くないですか？」

言外に離れて欲しいと含ませる。しかし、彼はそんな気はないようで、反対にわたしの顎を掴んで、視線を固定させた。

「俺だって間近で顔を見せているんだ。だから、お前も俺に顔を見せてくれないとフェアじゃないだろう？」

「それは、御堂さんが勝手に……」

消え入りそうな声で反発する。迫られたことで、今のわたしは顔が真っ赤になっているはずだ。

「御堂さん。本当に離れてください」

彼の胸を押して、なんとか距離を取ろうとする。けれどわたしの力ではビクともしない。

下手をすれば、そのままキスできるほどの近さ。吐息すらも感じられ、肌を擽《くすぐ》る。この状況をどうやって打破すれば良いのか。グルグルと考え込んでいるというのに焦るばかりで、解決策が見つからない。

「分かりました。御堂さんの顔が良いのは十分に堪能しましたから！　もうこれ以上は無理です！」

「どうして無理なんだ？」

「だって、それは……」

きゅうっと眉尻を下げて、どう伝えれば良いのか迷った。せめてもの防御として目を閉じて、視界を封じてみる。物理的な距離は変わらないかもしれないけど、間近で彼の顔を見るよりは心の余裕が出るのではないかと思ったからだ。しかし彼はさらにわたしを追いつめようとしていた。

「キスして欲しいと誘われているみたいだな」

「誘ってなんか……！」

とっさに目を開けると彼は親指の腹でわたしの唇の形を確かめるようにしてなぞっていく。

「分かっているさ。キスは嫌なんだろう？」

そう言って、彼が離れた。突然見逃されたことにどこか拍子抜けした思いではあったものの、それ以上に安堵する気持ちが強い。

だから気付かなかったのだ。背を向けて、キッチンへと向かう御堂さんの顔が不満そうに歪められていたことに。


キッチンから戻ってきた御堂さんは無言のまま、コーヒーを置いた。

「ありがとうございます」

「ああ。朝メシ、すっかり冷めてしまったようだが、温め直すか？」

「いえ、大丈夫ですよ」

わたしが返事をすれば、彼は「そうか」と頷いて、向かいの席に座った。

「……いただきます」

手を合わせてから食べる。クロワッサンを一口大に手で千切れば、冷めてしまっていたけれど、表面はパリッと焼き上がっていて美味しい。

（ああ、こうして朝食を食べるのも久しぶりかもしれない）

今にして思えば、父の葬儀以来。色々なことがあって、食事どころではなかった。

久しぶりにゆっくりと食事を味わっていると自然と頬が緩んでいく。

「随分と美味そうに食べるな」

「そうですか？」

目を細めて御堂さんがこちらを見つめていた。

「ああ」

ゆっくりと頷く彼の所作が綺麗で見惚れてしまいそうになる。

（本当に格好良い人だよね）

男らしい顔貌は名工が手掛けた彫刻のように整っている。

（早く慣れなきゃ）

さっきのように、いつまでも彼の顔にドキドキしていては、心臓が保たない。

だから意図的に彼から視線を外して、食事に集中することにした。


「ほのか」

食べ終わる頃。御堂さんに声を掛けられて、視線を上げる。

「今後の生活について話をしても良いか？」

「ええ。大丈夫です」

小さく頷くと彼は本題を切り出した。

「俺の情人になる以上、ほのかにはこのマンションに住んで貰いたい。そこは問題ないか？」

「はい」

彼の都合が良い時に抱かれるのだ。そのことは納得できる。一回三十万円、という金額はそんな事情も含まれてのことなのだろう。けれど……続いた言葉はすぐには呑み込めないものだった。

「そして、しばらくの間。外に出るのは許さない」

はっきりと彼が断言する。絶対的な彼の意志を見せつけられたような気がした。

「理由を聞いても……？」

我ながら馬鹿なことを聞いていた。理由なんてひとつしかない。わたしが信用できないからだ。だけどそれは当たり前だ。わたしは御堂さんに大金を借りている身。人によっては返済をしないまま逃げ出す可能性だってあるのだろうから。

まだ会って間もないわたしを信用して欲しいだなんて、都合の良いことを言えるはずもない。

「逃げ出す可能性を考慮するのは当然のことだろう？」

「……ええ。そうですね」

(大丈夫。借金を返済し切れば、きっと自由になれるんだから)

けれど、その間、わたしは何度御堂さんに抱かれるんだろう。

「あの、わたしが住んでいたアパートはどうしたら良いでしょうか？」

「ああ、借金を返済するまで帰れないが、契約を続けたいのならば、そうすると良い」

てっきり「帰れないのならば無駄だろう」と切り捨てられると思っていたので驚く。

目を丸くするわたしに彼は鷹揚《おうよう》に頷いた。

「住む場所は限定させてしまうが、なるべくお前の意志を尊重したい」

「……ありがとうございます」

じわじわと彼の優しさが胸に広がる。たとえまだ信用されてなくても、わたしの意志を大切にしようとしてくれている。その気持ちが嬉しかった。

「それで、どうする？」

尋ねられて、少し悩んだものの、結論は早く出た。

「家賃ももったいないので解約しようと思います。ただ必要な荷物があるのですが……」

借金がある間は外に出れないのだから、契約を続けても意味がない。

愛着はあるが、住んでもいない部屋の家賃を払うお金があるなら、返済に回すべきだろう。

「アパートを解約するというなら、必要な荷物を纏めないといけないな」

「ええ、そうですね」

「……その時だけは、例外的に外に出るのを許可してやる」

「えっ。良いんですか！」

「俺が持ってきても良いが、知り合って間もない男に任せるのは嫌だろう。俺が付き添うという条件下であるなら認めよう」

＊＊＊

体調が大丈夫なようであれば今日にでもアパートに行くか、と言われてわたしはそれに頷いた。

昨日着ていた服はランドリーサービスに出されていたようで、出かける前に、綺麗な状態で戻ってきた。パーカーとロングスカートといったラフな格好に着替えて、髪だけは櫛で整える。

（本当は簡単にでもメイクをしたいけれど……）

昨日からずっとすっぴんで居たのだから化粧なんて今更かもしれないけれど、身だしなみとして多少の化粧くらいはしておきたかった。残念ながらメイクポーチがないのだから諦めるしかないけれど。

（そういえば、マンションに居る間もお化粧しておいた方が良いのかな？）

今までは外に出ない時は基本的にすっぴんで過ごしていた。だけど『情人』となったからには、御堂さんが居る間は化粧をしておく必要があるのかもしれない。

（化粧品も持ってこなきゃ）

少しでも御堂さんを待たせないように早足で玄関に向かえば、彼は既にそこに居た。

「待たせてしまって、すみません」

「そんなに待っていないから大丈夫だ」

さらりとわたしの腰に手を廻してエスコートするあたり、やはり女性に慣れているのだろう。

彼に案内されるまま車に乗り、アパートに向かう。

服や生活に必要な物は全て御堂さんが用意してくれるらしい。不用品は処分してくれるとのことだったので、持っていく荷物は必要最低限の物で良いはずだ。旅行に使えそうなくらいの大きめな鞄をクローゼットの奥から取り出して、そこに荷物を纏めることにした。

とりあえず鞄に入れる前に必要な物を床に置いていく。通帳に印鑑、財布、スマートフォンと充電器。その他、化粧品の入ったポーチ等。そして何より家族の写真が詰まった分厚いアルバムが数冊。ずっしりと重いそれは父の遺品を整理した際に引き取ったものだ。

(取りに戻れて良かった)

問答無用でアパートを出なければならなかったら、このアルバムすら手元に残らなかったかもしれない。

ぎゅっと胸元に抱《いだ》いて、鞄に入れる。

本当に必要な物だけを持っていくことにしたから、荷物の整理はすぐに終わった。その間、彼は部屋を見渡していたようだった。

「……お付き合いいただき、ありがとうございました」

荷物を纏め終え、アパートを出る前にお礼を口にした。

「馬鹿だな。俺は監視で着いてきただけだぞ」

「でもただの監視なら部下の人に任せれば済みましたよね？」

その方が彼にとって面倒がなかったはずだ。なのに、彼はそれをしないで、わたしに付き合ってくれていた。

「他の男を自分の情人の部屋に入れる訳にはいかないからな」

悪戯っぽい微笑に心が軽くなる。

纏めた荷物を持とうとしたら、それよりも早く、御堂さんが自然な仕草で持ち上げた。

「……自分で持ちますから」

「これくらい俺に持たせろ」

「え。でもアルバムも入ってますし、重いですよ」

「女に荷物を持たせて自分は手ぶらだなんて格好悪いだろう。だからこれは俺の我儘《わがまま》だ」

目を細めて、くしゃりと頭を撫でられる。

(御堂さんは優しい)

今だってわたしが気にしないように軽口を叩いてくれている。

わたし達はお金で繋がったビジネスライクな関係かもしれない。

だけど、それでも。相手を慮ることはできると彼が教えてくれた気がした。

＊＊＊

御堂さんのマンションに帰るとダイニングテーブルの上に無数の箱があった。

印字されたブランド名は誰もが一度は聞いたことがあるものばかり。わたしは呆然と立ちながら、それらを見ていた。

「御堂さんこれは……」

「ほのかの服だ。今日から着てみるといい」

「でも、こんなに……」

有名なブランドだ。ずらりと並ぶ箱や紙袋に圧倒されそうになる。

(絶対に高い)

今までブランドの服と無縁だったから、その総額が計り知れない。分からないからこそ、余計に怖気付いてしまう。

「俺の情人なんだろう？　自分の情人にみすぼらしい格好をさせるつもりはない」

そう言われれば頷くしかない。

「……あの。今すぐ着替えてきた方が良いですか？」

服を用意されているのだから着替えないのは失礼だろう。

けれどこれを着て汚さないか心配になる。

「嬉しくないのか？」

低い声で問われる。わたしはゆるゆると首を横に振って答えた。

「嬉しくない訳じゃないんです。ただその汚さないか心配になってしまって……」

「汚したらまた買えば良いだろう」

ばっさりと言い切られるが、もったいないと思ってしまうわたしは貧乏性なのかもしれない。

「あ、あの。御堂さんはこの中でしたらどの服が好きですか？」

「俺……？　ほのかが着たい服を着れば良いだろう」

「でもわたしは御堂さんの情人でしょう？　だったら、御堂さんの好む服を着た方が良いと思うんですが……」

わたしの返答に彼の眉間の皺が深くなる。

「……ああ。ほのかにとってはそれが『仕事』だからな」

低い声が頭上から投げられる。何か返答を間違えたのだと気付いた時には、彼はわたしを捕まえるようにして後ろから抱きしめた。

「み、御堂さん……」

「随分と仕事熱心なんだな。だったら今からでもするか？」

囁く声はどこか冷たい。ひやりとした怒気に何が間違いだったか原因を探る前に、彼の大きな手がスカートを捲り上げた。

「……やっ」

「これでも今日はお前の身体を労わろうと思っていたんだがな。ほのかがそんなに『仕事熱心』なら俺もそれに応えてやるさ」

長い指が際どいところを撫でていく。昨夜処女を失ったばかりだというのに、そこへ触れられても痛みはない。それどころか覚えた快楽に反応するように腰を浮かせてしまった。

「御堂さん。ま……って」

抱かれるのが嫌な訳じゃない。

ただ今はちゃんと話し合いたかった。どうして彼を怒らせてしまったのか知りたかった。

そうしなければ、また同じことを繰り返すのではないかと思って、彼の手に自分の手を重ねて、阻もうとした。

「俺に抱かれるのは嫌か」

「違います。わたしはただ……」

「そうだよな。だってコレはお前の仕事だろう？」

酷薄に嗤った彼の言葉に抵抗を止める。俯《うつむ》くわたしを彼は自身の膝に乗せた。

「きゃ……」

「ほら。俺を誘ってみろ」

吐き捨てるようにして彼が命令する。

昨日よりも冷たい視線に怯みそうになる。誘うだなんてどうしたら良いのか分からない。戸惑っていると彼が「脱げ」と短く命令した。

躊躇《ため》らいながらも指先で服の裾を掴む。自ら進んで男の眼前に肌を晒す。抵抗感からゆっくりと捲り、ようやく薄桃色の下着を覗かせた。

「あ、の……これ以上は……」

強い彼の視線がわたしの肌を灼いているようだ。その視線に耐え切れず、結局下着だけを残して手を止めてしまう。

「……抱かれるのは嫌じゃないんだろう？　だったら大人しく俺の命令に従っておけ」

金で買われたんだから諦めろ、と彼が言葉を重ねる。ひどい言葉だ。なのに、まるで御堂さんが、自分自身に言い聞かせているような響きを含んでいた。

「御堂さん」

「心まではいらない。だから、身体だけは全て明け渡せ」

奥歯を噛み締める音が耳に届く。わたしよりもよっぽど御堂さんの方が辛そうで、悲しくなる。

（どうしてそんな顔をしているんですか？）

わたし達が恋人同士であったなら聞けた問いが心に沈んでいく。

「分かりました。御堂さんの望むままに」

意図的に御堂さんから視線を外す。そうしてわたしは御堂さんを受け入れたのだった。

＊＊＊

御堂さんと生活するようになってから、半月が過ぎた。彼は日中は部屋を空けることが多く、その時間わたしは自由に過ごしている。

とはいえ、本や映画は見られるものの、そればかりではどうしても時間を持て余す。

料理をしようにも、冷蔵庫の中には日替わりで高級そうなお弁当やお惣菜が並んでいて、それらを差し置いて作るのも躊躇《ためら》われた。

洗濯はクリーニングに出しているらしいから、残った家事は掃除くらいだ。他にやれることがないので、家主である御堂さんの許可をとって、時間を掛けて部屋を磨いていくことにした。

特別綺麗好きという訳でもないけれど、自分の手で部屋を磨くのは達成感があって清々しい。

けれど、物の位置を変えるのは止めている。

(御堂さんは好きにして良いと言ってくれたけれど……)

ここは御堂さんの場所で、わたしが居るのは一時《いっとき》の間だけなのだから、変に介入するのは避けるべきだろう。そう判断してのことだった。

(そういえば、愛しているって言われたのも最初の夜だけだったたな)

もしかしたらあれは、眠る前に見た淡い夢だったのかもしれない、と今になって思う。

(最近はあんまり喋ってもないし)

日を重ねるごとに彼との間に漂う空気が重くなっている気がする。情人としてこの状況を打破するためには、何が彼を不快にさせたのか聞かなければならないのだろう。

(……でもうまくいくかな?)

御堂さんは帰宅するなりプレゼントを手渡して、ろくに会話もないまま性急にわたしを抱く。

これでは会ったばかりの時の方が、よほど会話をしていたのだろう。

(御堂さんはわたしをどうしたいの……?)

わたしを道具として扱うのなら、最初からもっと、好きに抱けば良かったのだ。

（そうすれば情人なんて、こんなものかって思えていたのに……）

溜息が部屋に響く。鬱屈とした気持ちでいるからか最近、顔の筋肉が硬くなった気がする。

（最後に笑ったのはいつだっけ？）

そんなことすら思い出せないだなんて疲れているのかもしれない。

（ああ、もうそろそろ御堂さんが帰ってくる時間か）

リビングのガラステーブルに置いていた茶封筒を手に取る。毎朝ベッドサイドに置かれるソレ。その中身はわたしが働いた分の報酬。わざわざ新札で用意された封筒の中身を見るだけで、憂鬱な気分になった。

毎回律儀に新札で渡されるたびに、自分が御堂さんに金で買われた女なのだと実感する。

御堂さんがわたしに服やアクセサリーを贈ってくれるのは、自分の情人がみすぼらしい格好をしているのが嫌だからだ。

金銭的には確かに甘やかされているとは思う。衣食住に掛かるお金は彼が払ってくれているのだし、プレゼントも毎日のように贈られているから、ほとんど毎日違う服を着ている状態だ。

一回しか着ていない服を勿体ないと思って、贈り物を素直に喜べないわたしは可愛げがないのかもしれない。

ガチャリと玄関の扉が開く音が聞こえた。わたしは出迎えるためにソファーから腰を上げた。

「お帰りなさい」

「ああ」

出迎えると彼は短く返事をした。そして、彼は持っていた小さな紙袋をわたしに手渡す。

「御堂さん。毎日貰うのは……」

「昨日贈ったのは服だろう。今日はネックレスだ」

別の物を贈っているんだから受け取れ、と彼の目が訴える。詭弁だとは思うものの、わざわざ口に出して、これ以上空気を悪くさせたくなかった。

わたしが「ありがとうございます」とお礼を言うと、彼は顔を背けた。

「……これも違うか」

御堂さんがポツリと呟く。その声が小さくて、掻き消えてしまった。

だけど、御堂さんがわたしに不満を持っていることだけはなんとなく伝わってくる。

(ああ、また反応を間違えたんだ……)

どんよりとした重い空気が肌に纏わり付く。わたしの顔を見ることがないまま、御堂さんは廊下を歩いてリビングに入った。

この後はシャワーを浴びて、わたしを抱くのだろう——その前にちゃんと話をしなければ……。

勇気を振り絞って彼を呼び止める。

「御堂さん」

「……なんだ?」

足を止めてくれたものの、彼は振り返ることはなかった。

「わたしに不満はありますか?」

「不満があるのはお前だろう」

「……わたしは不満なんか」

「俺の前ではずっと、辛気臭い顔で俯《うつむ》いてるくせに」

振り返った御堂さんは剣呑な眼差しを向けて、わたしの両肩をきつく掴んだ。

「言え。俺の何が不満だ？」

「い……っ」

痛みで顔を顰《しか》める。しかし彼はそれに気付く余裕もないのか、怒気を露わに語気を強める。

「心は望まないと言ったが、お前は俺の情人だろう？　少しは媚びを売ったらどうだ」

「み、どさん」

弱々しく彼の名を呼べば、ハッとしたように御堂さんは手を離した。

「悪い。痛かったか？」

「……いいえ」

緩く首を振れば、彼は「少し頭を冷やしてくる」と言って、靴を履き直した。

バタンと重厚な扉が閉まる音。その音がいつもより大きく響いて聞こえた。

＊＊＊

御堂さんとの話し合いが失敗して一週間が経った。あれから彼は帰ってはくるけれど、疲れているからと言って、違う部屋で寝ている。わたしを避けているのはあきらかだ。

(もしこのまま御堂さんに捨てられたら、わたしはどうなるのかな……)

別に彼はわたし自身を必要としている訳ではない。

たまたま目に付いた都合の良い女。わたしの代わりはいくらでもいるのだろう。

割り切って『情人』として彼を迎えなければいけないのに、どうしても気分が晴れない。

(外に出たいな)

広い部屋だとはいえ、ずっとマンションに篭《こも》りきりだ。閉塞的な環境に居ることが辛くて、ふらりと玄関の扉に近付く。

(――逃げるわけじゃない)

けれど無性に、外の空気が吸いたくなった。外には一歩も出ないで、扉を開けるだけ。それくらいだったら許してくれるのではないか。そう心の悪魔が囁く。

(ううん。そんなことしちゃ駄目)

葛藤していると扉の外から男達の話し声が聞こえてきた。それはいつかの取り立て屋達のような荒々しいものではなく、快活な笑い声であった。

その声に誘われるようにしてついふらりと玄関の扉を開けた。

そこ居たのは見覚えのない男が二人。

やってしまったと思って、すぐに扉を閉じようとした。けれどそれよりも早く年若い茶髪の男が叫ぶ。

「どうして部屋から出てくるんすか！」

信じられないと目を丸くして詰め寄られ、こちらの方が驚く。

わたしに声をかけた今時の若い男と、三十代半《なか》ばに見える右目に切り傷のあるガッシリした男。

二人の共通点は、黒いスーツを着ていることくらいだ。

「馬鹿！　お前、姐さんと遭遇することがあったら、まずは自己紹介でもして時間で稼いでおけって若頭に言われただろ！」

もう一人の男が拳骨をし、強引に頭を下げさせる。鈍い音がして若い男が「痛いっすよ」と零したが、そんなもの聞こえなかったとばかりに強引に話を続けた。

「姐さん、初めまして。普段から姐さんの警備を担当させて頂いている島田《しまだ》です。んで、こっちの若いのが佐々木《ささき》です」

それからお辞儀をしたが、わたしは勢いに押されて、ポカンと口を開けたままだ。

「アニキ、それじゃ伝わってないっすよ」

「なにっ！　それならどう言や良いんだ？」

「じゃあ、俺がやり直しますから見ててくださいね！」

コソコソと言い合っているが、わたしと彼らの距離は一メートルほどしかない。

（全部、丸聞こえなんだけど……）

それに気付いた様子はなく、佐々木と名乗った男が咳払いして、さっきのことはなかったかのように仕切り直す。

「姐さん初めまして！　若頭が居ない間、万が一にでも姐さんが逃げないように監視してるんで、ヨロシクお願いします」

言ってやったぞ、と胸を張る男が言った内容がひどすぎて呆然とする。

わたしが何か言うよりも早く、もう一人の男が佐々木の胸倉を掴んだ。

「ばっか！　お前、本当のこと言ってんじゃねーよ」

「えー！　それを言うならアニキだってさっきから色々とこっちの事情がダダ漏れっすからね」

いけないんだー、と自分を棚に上げる佐々木に島田はさらに怒鳴る。

けたたましいほどの勢いがなんだか面白くて、自分でも気付かないうちに笑みを溢《こぼ》す。しかしそのタイミングで御堂さんが現れた。

「……何をしている？」

まずい、と身体を強張《こわば》らせた時にはもう彼との距離が縮まっていた。

「……っ」

乱暴に腕を引っ張られて、無理矢理部屋の中に戻される。

そしてそのまま、玄関から一番近い部屋に引き摺り込まれ、ベッドに押し倒される。

そこは最近御堂さんが使っている部屋で、最低限の家具以外なにも置かれていない場所だ。

「御堂さん……」

向き合った彼の顔は怒りで歪んでいた。わたしは無意識に腰を浮かせて後ずさろうとする。

「なぁ。どこに逃げようっていうんだ？」

人を威圧する低い声だ。

顎を掴まれて御堂さんと視線が交じる。

眉間には深い皺が刻まれ、鋭い目つきでわたしを睨み付けていた。

「なぜ外に居た？」

「……少しだけ、外の空気を吸いたくて」

わたしの答えが気に入らなかったのか、彼はわたしを俯《うつむ》かせ、尻を叩いた。

「い……っ」

悪いことをした子供に躾けるようにして叩かれる。軽いもので痛みはほとんどない。けれど、どちらの立場が上か分からせるような行為だった。

頭上から彼がクツクツと喉の奥を震わせて、陰惨に嗤う気配がした。

「下手な嘘をつくなよ。どうせ逃げようとしたんだろう？」

彼は叩いた場所をやんわりと撫でながら、わたしの答えを待った。時折、指先でぺしりと他の場所を叩く。

（どう答えたら良いの？）

自分が留守の間に、借金を立て替えた女が言い付けを破って、勝手に外に出ていたのだ。わたしが彼の立場でも、逃げようとしていると考えるだろう。

外の空気が吸いたかったのならば、まず御堂さんにお願いすれば良かった。

いくら精神的に参っていたとはいえ、それを思い付かないで、衝動的な行動に出た自分が恥ずかしい。

「御堂さん」

その呼び掛けに返事はなく、白いブラウスの裾をキャミソールごと捲り上げ、ブラのホックに手を掛けられる。

（……このまま抱かれたくない）

ちゃんと話し合って彼の誤解を解きたかった。そう思って、身を捩って抵抗しようとした。

「そんなに俺が嫌か」

しかしその行動は火に油を注いだだけだった。

「大人しくしろ」

彼は自身のネクタイを解いて、わたしの両手を背の後ろに縛り付けた。

「御堂さん。ごめんなさい」

迂闊な行動を取ってしまった申し訳なさで、胸が苦しくなる。

「口先だけの謝罪なんか必要ない」

「違います。わたしは……」

「お前がどれほど俺から解放されたいと望んでも、絶対に逃がしてやるものか」

低く唸るようにして、彼が言う。

（違うのに）

御堂さんから逃げようだなんて思ってもいない。

「俺から逃げようとしたんだから、相応の罰を受けろ」

陰惨な笑みを浮かべて御堂さんが見下ろす。その眼光はナイフのように鋭い。

体勢を反転させられ、鎖骨から胸へと撫でられる。ひやりとした冷たい手が肌に当たったことで、ピクリと身体が跳ね上がった。

彼はその反応を気にすることもなく、胸の周りをなぞる。触れるか触れないかの触り方に、もどかしさが募って太ももを擦り合わせる。

「ふっ……ぅ」

御堂さんの硬い皮膚に触れられて、徐々に身体が熱を帯びていく。

「ッ……ん」

焦らされた体内に放出できない欲望が溜まり始める。乳輪をくるりと撫でられると触れられてもいない乳首が存在を主張した。御堂さんだってそれに気付いているはずだ。なのに彼は胸の先に触れないまま、わたしを焦らす。

「やっ、あぁ……！」

「何が嫌だ。コレは仕事だろう？　逃げるな」

ちゃんと彼と話し合わなければならないのに、ずくずくと快楽に蕩けていこうとする自分の反応が怖かった。

このままなしくずしになりたくなくて、なんとか彼の手から逃げようとしても、腰を掴まれて終わる。

「感じているくせに抵抗するな」

うっすらと汗をかいた太ももに彼の手がいやらしく触れる。

「……ぁ……ん」

際どい場所に触れられるたびに、決定的な快楽をあたえられるのではないかと意識して身構える。しかしそんなわたしを嘲笑うかのように、すっと指が離れた。熱が落ち着いたかと思えば、また彼の手が不埒に触れる。それを繰り返されると、もどかしさに苦悶して、息が湿っていく。

「御堂、さん……」

触れて欲しい。あと少し指がずれてくれたのなら。求める快楽を得られるかもしれないと思うと、もどかしくて仕方がない。さっきまで話し合おうとしていたのに、いざ彼に触れられると快楽に身体が傾こうとする。

(このままじゃ駄目なのに)

いっそのこと自分で触れたい。そんな甘い誘惑が脳裏を掠めた。けれど、彼の前でそんな痴態を見せるだなんて。

「いやらしい身体だ」

ふっ、と胸の先に息を吹き込まれれば、大袈裟なくらいに身体が反応する。

物欲しそうに身体をくねらせ、決定的な快楽の訪れを待っているのに。

(……ちゃんと話し合わないと)

理性がそう叫んでも、情欲を募らせた身体は聞く耳をもたない。それどころか……

「ん…、ぁ」

貪欲に快楽を得ようと、とうとう胸の先を御堂さんの手に何度も擦りつけてしまった。まるで自慰のような行動。理性が本能に負けた瞬間だった。浅ましく身体を捻って、快楽を貪ろうとする。けれどそこで初めて、彼の指が少しも動いていないことに気が付く。

「………ぁ」

名残惜しい声がもれ出た。中途半端に快楽の灯火が宿った身体を持て余して、もっと欲しいのだと強請《ねだ》ろうとする女の声が。

「もっと気持ち良くなりたいなら俺に強請《ねだ》れ」

「みど、さん……」

「俺が欲しい、と縋ってみろ」

じゃないと続きはしないと彼が言った。

自分から求めるなんて、と躊躇《ためら》う気持ちがあった。けれど。迷うそぶりを見せれば、彼が離れていくかもしれない。今更止めるだなんて無理だ。

快楽を求めて火照った身体はもう彼にしか鎮めることができないのだから。

「……御堂さんの手で、気持ち良くしてください」

「あぁ」

すっかり硬くなった乳首が御堂さんの手に転がされる。その刺激が弱くなれば、自分から胸を突き出して、もっと欲しいのだと淫らに懇願した。

「ん……あぁ……っ」

熱い吐息が口元から抜け出る。いつの間にわたしの身体はこんなにもいやらしくなってしまったのだろう。

両胸を手のひらで包まれて、その先端を短く切り揃えられた爪でカリカリと引っ掻かれると望んだ刺激に喉を仰け反らせて悦ぶ。

「あっ、ああっ！」

気持ち良い。もっと触って欲しい。下腹部が疼いて快楽を求めているのを感じる。

「たったこれだけの刺激でこんなに反応するなんて、随分と淫乱になったものだな。それとも元から男を喜ばせる素質があったか？」

「違い、ます……」

言葉で否定したところで、合間にもれる吐息は艶の混じったものになっていて説得力はない。

「何が違う。逃げようとしていた男に触れられて、こんなにも感じているくせに」

親指と人差し指で胸の先を捏《こ》ね回される。本来なら痛いくらいの強さだろうに欲情が募っていくのを止められない。

快楽に酩酊した身体はもっと気持ち良くなりたいと、そればかり願っていた。

「や……ぁ……んんっ」

「ああ。すっかり硬くなって……まるで俺に触って欲しいと言っているようじゃないか」

ピン、と彼の指が胸の先を弾いて遊ぶ。そのたびに身体が小刻みに波打った。

快楽に火照った頬をシーツに擦り付ければ、冷たくて気持ちが良い。

けれどそうするとお尻を彼に突き出す形になる。卑猥な体勢を自らとっている背徳感が、ざわりと肌を粟立たせる。

「尻を触って欲しいのか？」

首を横に振ってみせたものの、お尻の肉をゆっくりと撫でられると、その先の快楽に期待してしまう。

「ん……ぁ」

「快楽に弱いヤツめ」

うなじをべろりと舐められ、吸い付かれる。いくつもの所有印を刻まれると彼は満足そうにそこを撫でた。

「たとえ金で繋がっているだけの関係だとしても、ほのかは俺のモノだ」

自分に言い聞かせるようにして彼が呟く。

「みどう、さん」

「今更逃す気はない」

下着越しに最も敏感な陰核に触れられると、そこからクチュクチュといやらしい水の音が聞こえた。

「淫乱」

「……ちが……っ！」

「何が違う？　ほのかだって自覚くらいしているだろう。下着がいやらしい蜜でこんなに濡れているんだから」

よく見ろ、とショーツを目の前に差し出される。

「や、だ……」

「駄目だ。ちゃんと自分の目でお前がどれだけいやらしく育ったのか理解するんだ」

「……見たくありません」

頑ななわたしの態度に彼は溜息を吐き出した。こわごわと目を開ければ視線の先でショーツが床に落とされた。

「……ぁ」

「随分と反抗的な態度だ。主人が誰か教えるためにも、いっそのこと此処の毛を俺が全部剃ってやろうか」

薄く生えたその場所を親指が往復する。

「いや」

そんなところを剃られるだなんて自分の常識ではありえない。

信じられない提案をする御堂さんから逃れようとすれば、再びお尻を叩かれる。

「そうすれば、たとえ俺から逃げた先でも、身体を見るたびに俺を思い出すだろう？」

腰を上に突き出した体勢をとらされたかと思うと、ゴムを付けた屹立があてがわれる。

こんな状況にも関わらず、快楽の弱火で煮詰められたソコがひくりと戦慄《わなな》く。自分自身の反応が信じられなかった。

「……ぁ」

「ココは俺を受け入れる気があるらしい」

指で慣らされてもいないのに、潤沢に濡れそぼったソコはみちみちと音を立てて彼のモノを咥え込む。

「ひっ……ぁっあ、ん」

全部咥え込んだ褒美だとばかりに陰核を撫でられる。ざらついた指先で何度も撫でられ、甘やかな刺激を与えられ続ける内に、はしたなく腰が揺れていく。

「逃げ出したいほど嫌っている男のモノを咥える気分はどうだ？」

「きらってなんか、いません……」

「そうだよな。お前はそう言うしかないだろう」

冷たい声と共に、律動が始まる。

最初から子宮の奥をガツガツと突こうとする激しさに、わたしは翻弄されて、意味のない嬌声ばかりをあげていく。

「……あ、ぁっ……んッ」

欲望を優先するような突き上げを受けているのに、それが気持ち良いとすら思う。

「みどぉ、さん……」

「お前は俺の女だ。なのにどうして……他の男に笑うくせに、俺の前では辛気臭い顔ばかりする……！」

一際大きく腰を突き上げられ、背中が快楽でしなる。

チカチカと迸る閃光。ほとんど慣らされてなかったくせに、身体は覚えた快楽の匂いを嗅ぎ取って、貪欲に反応した。

「ひっ、ぁ……ん」

子宮近くにあるざらりとした場所を突かれると、官能の火花がバチバチと弾けた。

「あ、あっ……ああっ！」

イッたのだとぼんやりとした意識の中で理解する。そして、達したことできゅうきゅうと収縮したソコが彼の熱を求めて蠢く。

「……出すぞ」

御堂さんはそれに応えるようにして滾った熱を解放した。

乱暴に抱かれて疲弊した身体。忍び寄った睡魔に身を任せようと目を閉じた矢先。再び膣内で膨れ上がった御堂さんのモノが、緩やかに律動を繰り返し始める。

「……ぁ」

「もう終わりだと誰が言った？　今日は俺が満足するまで付き合え」

悪辣に微笑んだ御堂さんはわたしの身体を反転させて、胸の先を舌で突《つつ》いた。

「ひ……っ……んん。みどぉ、さん」

滴る愛液はシーツの下にまで流れ、抽送《ちゅうそう》の滑りを更に良くした。

「やらしいヤツめ」

「やぁ、あ……あっ」

恐ろしいくらい感じる快楽の数々に降参して泣き付く。揺さぶられるごとにお互いの呼吸が荒くなって、汗と体液に塗《まみ》れていく。

「ほのか……！」

自分を呼ぶ声がやけに切なくて、胸を締め付けられる。

「みど、ぉ……さん」

喘ぎ過ぎてすっかり掠れた声で彼を呼ぶと、ナカの屹立が大きく膨らみ、ドクドクと熱い欲望が弾け飛んだ。

けれど恐ろしいことに、二回目が終わっても、彼のモノは未だ硬いまま。今度は彼の膝に座らされて、揺さぶられる。

「や……ぁ……」

「ほのか。ほのか……！　身体だけでも良い。俺を求めてくれ」

苦い独白はもうわたしの耳には届かない。感じるのは彼の熱量だけ。その圧倒的な熱に溶かされて、沈んでいく。

第四章

ドタドタと誰かが動き回る荒々しい足音で目が覚めた。

ぼんやりと瞼を持ち上げようとしたのに、どういうわけか今日はやけに重くて、結局開かない。

その後で感じたのはゾクゾクとした寒気。そのくせ身体は妙に熱く、意識もぼんやりとしている。

「……クソっ。無理をさせ過ぎたか？」

舌打ちと共に、頭に何か冷たいものが貼られた気がする。

一体なんだろうと思って無理矢理瞼を持ち上げようとすると、すぐに御堂さんが反応した。

「ほのかっ！　起きたか？」

開けた視界の先で、御堂さんがわたしの顔を覗き込む。その顔はどこか切羽詰まっているように見えた。

「御堂、さん……」

なんとか出した声はひどく掠れていて、喋ろうとするたびに痛みが喉に走る。

起きあがろうとすると、御堂さんがわたしの上体を支えてくれた。

「大丈夫か？　熱があったから、一応冷却シートを貼ってみたんだが……」

御堂さんはぎこちなく視線を彷徨わせ、わたしの頬に手を置いた。ひやりとした感触が気持ち良くて、うっとりと目を細める。

（昨日あんなことがあったのに……）

彼の手に触れられても怖いと思わない。それどころか安心すらした。

「……御堂さんは体調、大丈夫ですか？」

あれだけわたしと触れ合っていたのだ。わたしの風邪を移していないだろうか。不安な気持ちで彼を見つめる。

「お前は……昨日あれだけの目に遭わせた男の心配をするのか？」

「だってわたしのせいで御堂さんの体調が悪くなるのは嫌です」

「……俺だったら心配はしない。それどころかざまぁみろ、とさえ思う」

いつもより早い口調で投げ捨てられた言葉。けれど眉間には深い皺が刻まれていて、何かに葛藤しているようにも見えた。

（もしかしたら御堂さんも……）

本当はわたしが起きた時。彼の反応を見るのが怖かった。まだ怒っているのではないかと。

心が疲れていたといえ、考えなしな行動を取ってしまった。だから起きたらちゃんと謝ろうと思っていた。

（……よし）

覚悟を決めて、彼に向き合う。正面から合った彼の瞳は昨日のように獰猛な光を宿してはいない。

それどころか、居心地が悪そうに目を伏せていた。

「御堂さん。昨日は軽はずみな行動を取ってしまい、すみませんでした」

「……」

「信じて貰えないかもしれませんが、逃げる気はなかったんです。もし御堂さんの信頼を取り戻せるのであれば、なんだってしたいと思っています」

思っていることを全部言えて、ホッと息を吐く。しかし言い切ると御堂さんの顔がますます強《こわ》張《ば》った。

「なんでも、だと？」

低い声で彼が問う。正面から向き合った彼の顔はひどく硬い。抜け落ちた表情の中、瞳だけはギラギラと輝き、獲物を前にした獰猛な肉食獣のようだった。

「はい」

「ならば、お前の逃亡を防止するために、鎖で繋ぐと言ったら？」

そっと足元の布団をまくり、足首をやんわりと撫でられる。

この身が御堂さんに囚われる。

「……御堂さんは本当にそれを望むんですか？」

熱の篭《こも》った視線と交じり合ったのは短い時間であった。刹那の時間で彼は結論を出した。

「冗談だ」

ふと彼の纏う空気が緩んだ。

わたしの髪を撫でて、彼が立ち上がる。

「俺が居たら落ち着かないだろう。医者が来るまでの間、少し休め」

その横顔がやけに切なくて、わたしはつい御堂さんのシャツの裾を掴む。

「ほのか？」

「すみません……その」

自分でもなんでこんな行動をとったのか、うまく説明できない。

だけど彼を行かせたくないと思ってしまった。

「……俺がここに居ても良いのか？」

戸惑ったようにして彼が尋ねる。

わたしがおずおずと頷けば、彼は嬉しそうに目を細めた。

＊＊＊

ほどなくしてやってきた老年の医師は風邪と診断して、薬を置いていった。

再び二人きりになった空間で、わたしが咳き込めば、大きな手が背中をさすってくれた。その手つきはどこかぎこちない。

咳が落ち着いた頃を見計らって、御堂さんはサイドテーブルに置いてあったペットボトルのスポーツドリンクをわたしに差し出した。

キャップまで取って渡されたそれに、彼の気遣いを有難く思いながら口を付ける。身体に染み渡る冷たさが心地良くてうっとりと目を細めた。

「まだ熱があるんだ。とりあえずベッドで横になって休め」

促されるまま布団に入ると、ゆっくりと頭を撫でられる。

再び訪れるとろりとした眠気。でもそれに身を委ねたら、この穏やかな時間が終わってしまいそうで……

(ずっとこの時間が続けば良いのに)

眠ってしまったら終わる僅かな時間。名残り惜しさからそれを少しでも引き延ばしたいと重くなる瞼を無理矢理開けようとしたのに、大きな手のひらが視界を閉ざした。

「御堂さん……」

「今はゆっくり寝ておけ」

視界が暗くなったことで、うつらうつらと眠気がやってくる。

彼の体温に安心して、瞼を閉じた。


再び起き上がるとそこに御堂さんの姿はなかった。

(どこに行ったんだろう?)

世話をして貰ったお礼を言おうとベッドから降りる。

廊下を出てすぐに、ダイニングキッチンの方向から物音がした。そこに御堂さんが居るのだろうと見当をつけて、ドアを開ける。

対面式のキッチンに立つ御堂さんはどうやら林檎を剝こうとしているようだ。

その途端、わたしの存在に気が付くと驚いて手を滑らせたようで、包丁で手を切ってしまう。

「…………ッ」

「御堂さん！　大丈夫ですか？」

わたしのせいで集中力を欠いてしまったのだと思うと申し訳ない。慌てて彼の手を取り、水道で傷口を洗う。

「……すみません」

「ほのかのせいじゃないだろう」

ぶっきらぼうに返事をした御堂さんは、怪我をしていない方の手でわたしの髪をわしゃりと撫でた。

「……どうして林檎を剝こうとしたんですか？」

「べつに。俺が食べたかっただけだ」

あからさまな嘘だ。

不器用な御堂さんの優しさに、想いが込み上げる。

御堂さんはわたしをお金で買ったヤクザだ。

この大きな手には血と暴力が染み付いているはずだ。

――それなのにわたしは彼の優しさを愛おしいと想ってしまった。

（きっとこの気持ちは御堂さんにとって迷惑なだけなのに）

彼の傍に居たいのなら、この先、自分の気持ちを完璧に隠す必要がある。

（絶対にバレないようにしなきゃ……）

覚悟を決めて、彼を見る。

「……ほのか？」

じっと押し黙るわたしを不審に思った御堂さんが名を呼ぶ。視線をやっていた大きな掌をゆっくりと離す。

「すみません。まだ熱があったようでついぼんやりしてしまいました」

「だったら尚更、俺の怪我なんか気にしなくて良い。具合が悪い時くらい自分のことを考えていろ」

流れるように出た言い訳にわたしはなんて狡い女なのだろうと自嘲する。

だけど、自覚したばかりの気持ちをこんな形で失いたくなくて、彼を欺く覚悟を今ここで決めた。

「手当をしましょう。救急箱はどこにありますか？」

「リビングに医者が置いていったのがそのままあるが……」

「分かりました。ではそれを使わせて貰いますね」

革張りのソファーに二人で腰掛ける。

脱脂綿に消毒液を浸して彼の傷口にそっと置く。御堂さんは一瞬だけ眉を顰めたものの、その後は表情を変えなかった。

（……そういえば、昔もこんな風に手当をした人が居たな）

思い出したのは、わたしがまだ小学生の頃の話。

学校からの帰り道に、ひどい怪我をした男の人にこんな風に手当をしたことがある。

(あの人、元気かな?)

殴られて膨れ上がった頬。世の中の全てを憎んでいるような鋭い眼光。たった一度会ったきりだけれど、どこか御堂さんと重なるその人が今は幸せであれば良いと密かに願った。

幕間二　ｓｉｄｅ龍一

借金を盾に自分の身体を好きにしている相手を気遣い、怪我の手当までするなんて、ほのかは本当にお人好しだ。

俺のことなんか憎めばいいのに――そうしてくれたら、たとえ彼女が嫌がろうと遠慮なく貪れるのに。

「お前は俺を恨んでいないのか？」

金で買うと決めた以上、嫌われるのは覚悟していた。身体だけでも手に入ればそれで良いと思っていたはずなのに……彼女に好かれたいと望むようになってしまった。

（馬鹿か）

怪我をした指を見る。絆創膏が貼られたその下には血が付いている。

苦々しい思いが胸に広がる。呪いのような想いは狂気に近いのだと俺は身をもって知っている。

（いっそ、ほのかに嫌われたら楽なのかもしれない）

惨めたらしくいつまでも淡い期待を持たせるよりも、ほのかの口からはっきりと拒絶されたい。

そうしたら俺だって諦めがつく……ほのかの心はどうあっても手に入らないのだと思い知ることができれば、諦めてほのかの人生の全てを奪ってやれる。

「……嫌ってくれ」

ひっそりと祈れば、微睡《まどろ》んでいたはずのほのかがポツリと答える。

「……きらい、ません」

すり、と俺の手を頬に擦り付けて、寝息を立てる。その甘えるような仕草に、猛烈な嬉しさが込み上げる。

（ああ、くそ！　反則過ぎるだろう……！）

もしもほのかが熱に浮かされていなかったら、身体ごと喰らい尽くしていたかもしれない。それを残念に思いながら、そのもどかしさすらも確かに愛おしいと感じた。

熱を出した翌日。わたしの身体はすっかり良くなっていた。

(御堂さんは、もう外出したかな?)

疑問に思いながら、お腹が空いたのでキッチンに向かう。その途中でリビングのソファーで眠っている様子の御堂さんを見つけた。

そっと彼の顔を覗き込む。穏やかな寝顔に、なるべく音を立てないようにして、冷蔵庫の扉を開けた。

(たまには何か作ろうかな……)

相変わらずデパ地下などで買われたらしい、高そうなお惣菜がぎっしりと入っている。それに加えて、豆腐や梅干し、卵等のそのままでも食べやすい食材も追加されていた。

どうやら、冷蔵庫に入っている食材は手をつけなければ一定の間隔で、部下の人達が引き取って食べてくれているらしい。

冷蔵庫にたんまりと入ったお惣菜は美味しそうではあるけれど、わたしの体調ではまだ、消化できそうにない。

(それにせっかく御堂さんよりも早く起きたんだし……)

今のうちに朝ご飯を作れば、後で彼も食べてくれるかもしれない。

お惣菜が用意されていたこともあって、舌が肥えていそうな御堂さんに対して手料理を作ることに消極的になっていた。けれど御堂さんだってわたしのために慣れない手つきでリンゴを剥こうとしてくれていた。だったら、そのお礼として作りたかった。

(もしも御堂さんが食べなかったら、わたしが食べよう)

お米は見当たらなかったものの、レンジで温めるタイプのご飯があったので、それを使うことにした。

まずは卵焼きを作ろうと思い、冷蔵庫から卵を三つ取り出す。

幸いなことに、キッチンの引き出しには真新しい調味料があった。卵焼き用のフライパンはなかったので、大きめのフライパンを使ってみる。

甘めの卵焼きを作ろうと卵液をかき混ぜ、菜箸でなんとか玉子焼きの形に整える。

冷めるのを待っている間に、豆腐と油揚げの味噌汁を作って、レンジで温めたパックご飯を、三角に握る。中身は冷蔵庫にあった梅干しだ。他の具は何が良いだろうかと考えていると、いつの間にか起きた御堂さんがやってきた。

「すみません。起こしちゃいましたか?」

「……いいや。自分で起きただけだ。それよりも何をやっている?」

「えっと朝食を……」

「わざわざ作らなくとも冷蔵庫に惣菜を入れておいただろう」

訝《いぶか》しげな口調だったので、余計なことをして怒らせたのかと不安になる。

「……すみません。でも、看病のお礼に、御堂さんに何か作りたくて」

彼にとっては迷惑だったかもしれない、最後の方の声は小さくなる。

「俺に、か？」

御堂さんは瞠目して、すぐに表情を曇らせた。

「……けど、熱が出てたんだ。まだ体調が悪いんじゃないのか？」

「御堂さんのお陰で、もう下がりました」

「そうか……」

「あの、でも……いらないようでしたら、わたしのお昼ご飯にします」

「いや、折角だ。食べる。皿に並んだやつはもう運んで良いか？」

「え、わたしが運びますよ」

「昨日の今日で無理するな」

顔つきは穏やかだけど、頑として譲らない様子の御堂さんにお礼を言う。

そういえば、彼と朝食を取るのは初日の時以来かもしれない。

(ご飯の量、足りるかな？)

多めに作ったつもりだけど、御堂さんがどれくらい食べるのかは分からない。「もし足りなければ、お惣菜も出しましょうか」と聞くと、御堂さんは十分だと言った。

手を合わせた後に、こっそりと御堂さんの反応を見る。

簡単な物しか作っていないけれど、御堂さんの口に合わなかったらどうしようとハラハラした。でも御堂さんは味噌汁に口をつけると「うまい」と言ってくれた。

お世辞かもしれない。だけど、その一言がわたしは嬉しかった。


朝食を終えて、二人並んでお皿を片付けた。食洗機があるので、御堂さんが予洗いをして、わたしが食洗機に並べていく。この後コーヒーでも飲むか、と御堂さんが言ってくれた。

ゆっくりとした朝の時間。もしも彼と普通に出会って恋人の関係になっていたら、これが普通の光景になっていたのかもしれない。

(ううん。もしわたしが御堂さんと『普通に』出会っていたら、きっとこんな風に一緒に過ごす機会なんかなかった)

わたしに借金という弱みがあったからこそ、彼はわたしを選んだのだ。

意味のない仮定をしてしまったことに、自嘲する。

「どうした?」

「いえ。なんでもありません」

濁そうとしたのに、じっとこちらを見つめる彼に根負けして、感情が顔に出ないように気を付けながら話す。

「……なんだか同棲している恋人みたいなことをしているな、って」

「は……」

御堂さんが大きな手で自身の口元を覆う。そんなに不愉快なことを言ったのだろうか。不安になりながら、最後の皿を食洗機に置いた。

「……すみません」

「どうして謝る？」

「だって御堂さんからすれば、わたしと恋人になるだなんて、ありえない想像ですよね」

自分で言っておいて、チクリと胸が痛む。けれど、返ってきた彼の声色は想像よりも甘かった。

「ああ、そうだな。確かにほのかと恋人になるだなんて『ありえない想像』だ」

するりと濡れた手をタオルで拭いた御堂さんに後ろから抱きしめられる。

「どうしたんですか？」

「ほのかが可愛らしいことを言うから、『恋人』らしいことをしてみた。嫌か？」

「……いいえ」

近い距離に心臓がドキドキする。初めて抱きしめられているわけでもないのに、こんな風に動揺するのはやはり彼への想いを自覚したからか。

それに御堂さんがわたしに触れるのは行為の時くらいだ。なんでもない時に触れられると、どうして良いのか分からなくて戸惑う。

（顔が見える体勢じゃなくて良かった）

そうじゃなかったら赤くなった顔を見られてしまう。

（こんな時『普通』の恋人だったらどうするのが正解なの？）

御堂さんと関わってから何度も考える疑問。正解は分からないものの、少なくとも今のわたしのようにボンヤリと立っているだけではないのだろう。

どうしようかと考えていると、さらに身体を引き寄せられる。

「み、御堂さん！」

「ウブな反応だな」

「慣れていないんですから、仕方ないじゃないですか」

いつもだったら言い返すことはなかっただろう。けれど混乱した今。どうしても『いつも通り』にはいられなかった。

「可愛い」

甘やかな声が耳元で囁かれる。

「可愛い、だなんて……」

社交辞令だと分かっているのに、嬉しいと喜んでしまうわたしはなんて単純なんだろう。

モゴモゴと情けなく口篭《くちご》もっていると、彼はすんすんと鼻を動かして、わたしの首すじの匂いを確かめている。

（……あ。そういえば、わたし。熱があったせいで昨日からお風呂入っていない）

彼が綺麗に拭いていてくれていて、ベタつきがなかったから、うっかりしていた。

「御堂さんっ！」

さすがにこれには身を捩って抵抗する。しかし、わたしを抱きしめる腕の力は強く、離す気はないようだ。

時折触れる彼の吐息が擽《くすぐ》ったい。ピクピクと瞼を動かして反応するわたしを御堂さんはどう思っているんだろう。

「御堂さん。お風呂も入っていないので……」

「じゃあ、一緒に入るか」

「えっ」

突拍子のない提案に、驚く。けれど彼は離れたかと思うと、すぐに実行へ移そうとするのだから、慌てて引き止める。

「御堂さん。さすがにそれは」

今まで何度も抱かれてきたとはいえ、裸体を晒すのは抵抗がある。それも恋心を自覚したばかりなのだ。快楽に浮かされていない状態で、無防備に肌を晒すなんて。だから懸命に止めたのに。

「冗談だ」

わたしの様子がおかしかったのかクツクツと喉奥で笑う。

「タチの悪い冗談は止めてください」

心臓が保ちません、と言えば、彼はそれは困ると苦笑した。

「まぁ、あわよくばとは思っていたが……本当にほのかと一緒に入るとなると、そのまま抱いてしまいそうだ。さすがに病み上がりのほのかに無理はさせられない」

流し目で見られると彼の艶やかな色香にドキリとする。

（ずるい。わたしばかり動揺している）

少しは彼だって取り乱して欲しいと思うのはわたしの我儘《わがまま》だろうか。

「御堂さん」

「どうした、っ！」

感情に任せて彼の背に手を廻す。

「恋人らしいことをしてみました」

あからさまな言い訳だ。

普段であればできない大胆な行動。ぎこちなく彼の背に腕を廻せば、ドクリと彼の鼓動が聞こえた。

「……驚いた」

近過ぎる距離に彼の表情は窺《うかが》えない。けれどその分、わたしの表情だって分からないはずだ。

（好きです。御堂さんが好きです）

彼にだけは知られてはならない感情をこっそりと心に吐き出す。

溢れる想いを抑えるようにして、彼の胸に顔を擦り付ける。密着すれば、自分の顔が彼に見られなくても済む。そう思っての行動だった。

少しの間沈黙が流れた後、頭上から大きな溜息が聞こえて、自分の行動が行き過ぎたものだったか心配になる。

（やっぱり迷惑だった？）

恐々と彼から離れようとした。しかしそれを引き止めたのは彼の手だった。

「参った。可愛過ぎる」

ぎゅうぎゅうと隙間のない抱擁。ドキドキと高鳴った鼓動を彼に聞かれるかもしれない。

「好きだ」

「……え」

「ほのかが作ったご飯の味。美味かった」

ビックリした。このタイミングで言われたものだから、危うく勘違いをするところだった。

(わたしも、って返さなくて良かった)

わたしと同じ気持ちじゃなくて残念には思う。だけどそれでも、彼が美味しいと思ってくれたことは嬉しくて、喜びがポカポカと胸に広がっていく。

「お口に合って良かったです」

「ありがとう」

短い感謝の言葉。御堂さんの気持ちは十分に伝わる。

(不思議。抱かれている時よりも、ずっと距離が近く感じる)

目を閉じて感じるのは彼の香水の香りと抱擁の温かさ。

「こちらこそ、昨日は看病をしていただいてありがとうございます」

今が幸福だと思うからこそ離れ難かった。けれど、彼はそっと腕の拘束を緩めた。

「このまま、くっ付いていると抱きたくなってしまうだろうからな」

熱の篭《こも》った声に、わたしの全てを明け渡したくなる。

「み、御堂さん」

「……体調が良くなったら、抱いても良いか？」

わたしの体調なんか気にしないで欲しい。

そうでないと御堂さんに大事にされていると錯覚してしまいそうだ。

（わたしは御堂さんにとって都合の良い情人のはずなのに……）

勘違いしないようにと、自分自身に言い聞かせる。

彼がわたしを気遣っているのはまた熱が出て、面倒なことにならないため。そんなこと分かっている。なのに、わたしは愚かにも期待してしまいそうになる。それを鎮火させようと、あえて温度のない声で彼に答えようとした。

「契約です。わたしのことは、御堂さんが好きな時に抱いて良いんですよ」

「……ああ、そうだな」

我ながらなんて可愛くないことを言ってしまったんだろう。

しかし、御堂さんはそれを気にしていない様子で笑った。

「お前は俺の所有物だ。だから、ほのか。借金が残っている間は俺の傍に居ろ」

本当は借金を返した後もずっと彼の傍に居たい。その本音を必死に押し隠して、小さく頷く。

（もし借金を返済することができたら……）

今は口にできない自分の想いを彼に伝えられるのかもしれない。

——借金を返して、わたしと御堂さんが対等になれる日が来たら、きちんと彼に告白しよう。

たとえ迷惑だと思われても、わたしは自分の気持ちを伝えたい。

今はそれができないから、せめて気持ちを込めて御堂さんの頬に口付ける。背の高い彼の頬に届くように背伸びをすると、足が震えそうになる。わたしの行動に御堂さんは驚いたように呟いた。

「……キスはしないんじゃなかったか」

「唇にはしていないでしょう？」

ひどい言い訳だ。

だけど御堂さんはそれ以上何も言わなかった。それどころか甘やかにわたしの顎を掴んだかと思うと、唇ギリギリの位置にキスをした。

「唇以外なら、良いんだな？」

「……はい」

御堂さんを好きになってしまった今、唇同士が触れ合わなかったことが残念だった。

(わたしはなんて身勝手なんだろう)

想いを顔に出さないようにきつく唇を噛み締める。

「御堂さん……」

好きです、という気持ちを込めて大切に彼の名を呼ぶ。

今はまだ愛を伝えられない。その代わりに何度も彼の名を口にすると、彼はわたしの頬にキスをしたのだった。

第六章

体調が回復してから数日が過ぎた。

その間、頬にキスされることはあっても、御堂さんはわたしを抱こうとはしなかった。

（もう大丈夫なのに……）

そうは思っていても、ここ数日、わたしと御堂さんの間の空気は穏やかなものになっていて、だからこそ、言いだしにくい。それは今もそうだ。

普段よりも早く仕事を終えた御堂さんはわたしが作った夕食を食べた後、家事をしてくれているから、と言って、わたしの手にハンドクリームを塗り始めた。

ダイニングチェアに横並びに腰かけて、指の一本一本に白いクリームを塗り込まれると、ぬるついた指が粘着質な音を立てる。ただクリームを塗られているだけだというのに、こうも意識してしまうのはわたしの心境が変わったからか。

そんなことを考えていると不意に御堂さんがわたしを呼んだ。

「ほのか」

「はい」

ハッとして目を瞬かせる。彼は大げさに驚いたわたしの様反応を見てクツクツと肩を揺らして笑った。

「明日。俺と出掛けるか？」

「良いんですか？」

驚いて彼の方へと振り向く。だって御堂さんはわたしが外に出ることを禁じていた。

「ああ。もちろん一人での外出は許しはしないが……俺が同行するなら別だ」

「でも、どうして急に……」

「……ほのかが熱を出した一件で、追い詰め過ぎても良くないと考えてな」

ボソリと呟いた御堂さんに、心が緩みそうになるのを懸命に堪えた。


出掛けるのだと思うといつも以上に装いに気合いが入る。

ナチュラルさを心掛けながら丁寧にメイクした後、白色のワンピースをクローゼットから取り出す。

膝丈のスカートは動きやすく、腕の部分の透かしレースが可愛い。小振りのピンクダイヤのネックレスを付けてからリビングに向かう。

わたしを見た御堂さんはソファーから立ち上がって、一緒に玄関へ向かった。

「今日は歩くだろうから、ヒールの低い靴が良い」

「そうなんですか？」

「ああ。ショッピングモールに行こう」

御堂さんの提案としては意外だった。

「そこなら、ほのかも入りたい店を選びやすいだろう」

わたしのことを考えてくれたのだと思うと、たまらなく嬉しい。しまりのない顔を見られないように、低いヒールのパンプスを履く。

そうすれば、ほんの少しの間は緩んだ表情を誤魔化せるから。

＊＊＊

目的地に到着して、御堂さんに運転してもらったお礼を言ってから降りる。横に並んだ御堂さんは、わたしの手に、するりと自分のものを絡めて繋いだ。絡まった指に、心臓がドキドキと騒ぐ。

「……なんだか本当にデートみたいですね」

照れ隠しの言葉を口にすれば、彼は大真面目な顔をした。

「俺はそのつもりだが、違うのか？」

繋いだ手を握り直すようにして、指の合間を撫でられる。こそばゆさに肩を竦めれば、彼はおかしそうに笑った。

「あまり揶揄《からか》わないでください」

ムスリと自分の感情を御堂さんにぶつけてみるけれど、ちっとも堪えた様子がない。

建物の中に入ってもわたし達は手を繋いだまま歩いた。平日ではあるもののショッピングモールは色々な人で賑わいを見せていた。

「わたしの好きな場所で良いんですか？」

「ああ。ほのかは俺が服やアクセサリーを贈ったところであまり喜ばないからな。何が欲しいのか、今日は参考にさせて貰う」

口の端を上げた御堂さんに苦笑する。

意地の悪い言い回しだが、わたしのことを考えてくれている。だったら素直に彼の好意に甘えてみようと思った。

「ありがとうございます。でも御堂さんも行きたい場所ができたら言ってくださいね」

「ああ」

どこに行こうか迷いながら、入り口近くに置いてあった店内マップを眺める。

(どうしようかな？)

欲しい物を考えてみるけれど、大体の物は御堂さんが既に用意してくれている。

(服も靴もアクセサリーも沢山あるし……)

これ以上持ったところで、持て余すだけだろう。

(まぁ、見るだけでも楽しいし)

気になりそうな店があったらそこに入ろうと決める。

「歩きながらどこに入るか決めても良いですか？」

「ああ、もちろん。今日はお前に付き合うさ」

店の連なる通路をゆったりと歩く。時折気になった店に入っては、商品を眺めて楽しむ。

「……あんまり買わないんだな」

ポツリと彼が呟く。ショッピングモールに来てから一時間。わたしが買ったのは家事をする時のエプロンと、小説を数冊程度。御堂さんはせっかく来たのだから思う存分買えば良い、とどこか不満そうにしていた。

「わたしはこうして御堂さんと一緒に歩いているだけで、楽しいですよ」

「本当か？」

疑うようにしてわたしを見下ろす御堂さんに、頷いて肯定する。それでもまだ訝《いぶか》しげにこちらを見る御堂さん。なんだか可愛いと思ったのは好きになった欲目かもしれない。

「御堂さん」

「ん」

「アイス、食べたいです」

あまり要望を言わないのも気を悪くさせるだろう。そう思って自分なりに我儘《わがまま》を言ってみたつもりだけど。アイスを強請《ねだ》るのは子供っぽ過ぎたかもしれない。

（せめてジェラートって言い換えれば良かった？）

いや、まぁ意味としては一緒なんだけれど……

「分かった。どこの店が良い？」

「もう少しでフードコートがあるので、そこで一緒に食べましょう」

「俺も、か？」

「だって一人だけでアイスを食べるのは気が引けます」

そう言うと、彼は少し考えて「分かった」と頷いた。

（……それにしても。女の人たちが御堂さんに熱い視線を送っていること、気付いているのかな）

アイスを選んだ後、出来上がったら自分が運ぶから待っていろ、とわたしは先に座らせてもらった。

遠目から見ていると、彼の後ろに並んだ年若い女性がチラチラと御堂さんに視線を投げている。

一人になったことで、より周囲の関心を集めているようだ。

（御堂さんと出掛けていることに浮かれていたけれど、わたしが御堂さんの横を歩いていても大丈夫なのかな？）

自分では精一杯着飾ってきたつもりだけど、途端に自信がなくなってくる。

「買ってきたぞ」

カップに入れられたアイスを持って、彼が向かいの席に座る。

「ありがとうございます」

お礼を言ってアイスを食べ始めようとした時、御堂さんの後ろに並んでいた女の人たちがわたしと彼の姿を見比べて、こそこそと何かを囁き合っているのに気が付いた。

もしかしたら、わたしのことではないのかもしれない。けれど、自分に自信がないせいで暗い気持ちになる。第三者の視線がこんなにも堪えるなんて思ってもいなかった。

(やっぱりわたしと御堂さんじゃ釣り合いが取れていないんだ)

せっかく外に連れてきて貰っているのに、人目を気にしてしまう自分が嫌になる。

「食べないのか？」

ぼんやりと考え込むわたしに彼は声を掛けた。

「……あ。すみません」

自分からアイスを食べたいと言っておいて、手を付ける様子のないわたしを彼は怪訝に思ったのか、じっとこちらを見ている。

「疲れたか？」

「ええ。そうですね」

まさか本音を言える訳なくて、曖昧に微笑む。わたしが選んだアイスはイチゴとチョコが二段になったものだった。イチゴ味の方を選んで、掬《すく》って食べれば、甘酸っぱい味が心を慰める。

「美味しいです」

「それは良かった」

「御堂さんはなんの味にしたんです？」

「ピスタチオとマスカルポーネ」

「そっちも美味しそうですね」

暗い気持ちを払拭するために意図的に話題に変える。そうすると、彼は自分のアイスを差し出した。

「食べるか？　まだ手は付けていない」

「え……」

驚いて、彼を見る。その戸惑いがアイスを貰うことを遠慮しているのだと映ったらしい。

彼がスプーンで掬《すく》って、わたしの口元へ運ぶ。

「御堂、さん」

「ほら、早くしろ。溶けるぞ」

そう言われて、とっさに口を開ける。

人前で食べさせて貰うだなんて。なんだか本当に恋人同士のようだ。

ゴクリと嚥下すれば、彼の甘やかな視線に頬が熱くなる。

「美味いか？」

「はい」

返事をして、自分の分を掬《すく》う。早く食べよう。このままでは雰囲気に呑まれてしまいそうだ。そう思って口へ運ぼうとしたのに……

彼の手がわたしのスプーンを持った手に添えられる。そして、御堂さんは自分の口元へ誘導していった。

「……イチゴも美味いな」

悪戯が成功した子供のように笑う御堂さんに釣られるようにしてわたしも笑えば、彼はピタリと動きを止めて、わたしを見つめた。

「……御堂さん？」

「いや、ほのかが笑うだなんて珍しいと思っただけだ」

「わたしだって人間ですから、おかしければ笑いますよ？」

「だが、俺の前ではほとんど笑わなかっただろう」

そう言われてみれば、確かにそうだったと自覚する。

「……すみません」

「なのかが謝ることじゃない。俺のせいだ」

「いえ、そんなことは……」

ここ最近、色んなことが立て続けに起こっていた。父の死に、借金の発覚。職場はクビになり、取り立て屋達に追い込まれ、御堂さんの情人になって、外出は禁じられていた。

あまりの展開に心が疲れていたのだろう。けれど、全部が全部、御堂さんのせいではないのだ。

苦い顔をしている御堂さんに、わたしは首を横に振った。

「御堂さんのせいではありません」

きっぱりと答えると彼はさらに言い募ろうとしていた。その先を制したのはわたしだ。

「わたしが選んだんですよ」

(御堂さんはなんでこんなにわたしに優しくしてくれるの？)

ふと希望を見出《みいだ》そうとして、それをなんとか内面に押し込める。

（期待なんかしちゃ駄目）

だって彼が望んだのは都合の良い関係だ。

もしここでわたしが自惚れて、彼に告白しようものならどうなるか。

（いらない、と言われることが怖い）

わたしの気持ちが知られていない今なら、まだ御堂さんの『情人』として傍に居られる。

その期間を少しでも長引かせたい。

醜い保身だと自覚している。けれど、そうでもしなければ、きっともう御堂さんと関われない。

（だって御堂さんに嫌われてしまえば終わりだから）

「溶けてきてしまいましたね」

ゆっくりとアイスを見る。ピンクと茶色の可愛らしい色合いをしていたそれは、半分ほど溶けて、ドロドロとした暗い色に変わっていた。


アイスを食べ終わった後。気持ちを落ち着けようと、トイレに行く。

幸いにも人が居ないその場所にホッと息を吐き出す。

（やっぱり御堂さんは注目されてるなぁ）

彼と一緒に歩くと隣に居るわたしも同様に視線が降り注がれてしまうから、妙に緊張してしまう。

（でも、なんで御堂さんはわたしを選んだんだろう？）

精一杯おめかしはしてきたけれど、鏡に映る自分の姿は飛び抜けて顔が良い訳でもないし、飛び抜けてスタイルが良い訳でもない。情事だって処女だったわたしがうまくできているとは思えない。都合が良いからわたしを選んだと彼は言っていた。だったら他にもっと良い条件の女性が現れたら彼はそちらを選ぶのだろうか。

（……また暗いことばかり考えている）

せめて自分自身を鼓舞しようとリップを重ね塗る。明るい色を乗せて、口角を上げた。

（だってわたしが笑ったことに御堂さんが喜んでくれたから）

できることをしようと思った。それは些細なことかもしれないけれど。

丸まった背を伸ばして、トイレから出る。そして御堂さんが座る席に向かった。

（あ……）

お待たせしてすみません、と御堂さんに声を掛けようと思っていた。だけどそれを躊躇《ためら》わせたのは、彼が派手な容貌の女性二人組に声を掛けられていたからだ。

明るい髪色の彼女らは遠目からも目鼻立ちがくっきりとしていて、モデルのように華やかにみえた。

わたしが御堂さんと並ぶよりも、彼女らの方が、ずっと釣り合いが取れている。

そう思うとモヤモヤとした感情が胸に渦巻く。

（トイレになんか行かなければ良かった）

そうすれば、目の前の光景を見ないで済んだのに。御堂さんはどんな顔をしているんだろう。

（楽しそうにしていたら嫌だな）

彼の反応を知るのが不安で、女性達と話す御堂さんの姿から目を背けようと床を見る。

（どうしようかな）

自分から割って入る勇気はない。というより、そんなことをする権利わたしにはない。

ボンヤリと立っていると通行人と肩がぶつかりそうになってしまった。このまま立っていても通行の邪魔になるだろう。

（……とりあえずは邪魔しないで、御堂さんの目の届くところに居れば良いよね？）

そう考えて店が並ぶ通路のベンチへと座った。ここなら、彼からもわたしの姿が確認できるはずだ。

自分自身を落ち着かせるために少しの間、目を閉じる。数分ほど時間を置いていると、前から声が掛けられる。

「あの、すみません」

「はい？」

顔を上げた先に居たのは年若い男性だ。

「雑貨屋はどこにあるか分かりますか？」

聞けば、彼女にプレゼントするために店を探しているらしい。ちょうどさっき歩いたところに雑貨屋があったと思って、道を説明していると声が割り込んできた。

「俺の女に何か用か？」

不機嫌そうな御堂さんが男性を睨む。その迫力に男性が小さく謝まって、足早で立ち去っていく。

「御堂さん。あの男性は店がどこか聞いてきただけですよ」

「そんなもの受付にでも聞けば良いだろう」

そう言って面白くなさそうに鼻を鳴らす。

「ここから受付は遠いですから。それに彼女のためにプレゼントを探しているんだって言っていました」

「ナンパの口実かもしれないだろう。少しは警戒心を持て」

「御堂さんだって声を掛けられていたじゃないですか」

売り言葉につい本音を溢す。言ってしまった、と内心後悔しながら動揺を露わにしないように正面から彼を見据える。

「あれはアイツらが勝手に話し掛けてきただけだ。俺は碌に相手にしていない」

「わたしだって、ただ道案内しただけですよ」

いつもよりも意固地になっている。その自覚はあった。

「ほのかは……」

「はい」

「無防備だ」

眉を寄せてこちらを見つめる御堂さんの目はありありと不満を物語っている。

「無防備なんかではありませんよ」

声を掛けてきた男性だって本当に迷っていた様子だったから、場所を教えただけだ。

「……さっきの男がもし強引にほのかに言い寄ってきたらどうする？　この細腕じゃ大した抵抗もできないだろう」

腕を掴まれて、詰め寄られる。

手首をやんわりと撫でて、御堂さんは顔を近付けた。

「ほら、こんなにもあっさりと俺に捕まっているじゃないか」

それは御堂さんだからだ。そう言いたい気持ちを堪えている間に、彼はわたしの腰を抱いた。

「み、御堂さん」

ただでさえ彼は周囲の目を引く容姿をしているのだ。そんな彼がこのような行動をすれば、より注目が集まる。声を上擦らせて慌てるわたしをよそに、彼はコツリと額を合わせる。

「ほのか」

熱の籠った声でわたしの名前を呼ぶ。

彼の親指がわたしの唇をゆっくりとなぞる。艶めいた仕草に視線が吸い寄せられる。

「そんな潤んだ瞳で見つめられていると、馬鹿な男は誘われていると勘違いしてしまうぞ」

ふっ、と笑って御堂さんが離れる。

解放されても胸がドキドキとしたまま。

(キス、されるかと思った)

彼に触れられていた唇を自分の手で押さえる。

「顔、真っ赤だな」

愉快そうに御堂さんは口の端を上げた。その余裕を少しは分けて欲しいと切に願った。

「ほのか。ほら、デートの続きをしよう」

そう言って彼は手を差し出す。無意識のうちに手を重ねれば、彼は極上の笑みを見せた。


話題のミステリー映画を見て、カフェに入って感想を話す。

そして通り掛かったペットショップを眺めてから、輸入食品のお店でどれが美味しそうか吟味して、スーパーに寄って帰ることにした。

今日は付き合って貰ったのだから、御堂さんの好きな物を作ろう。

(買ったばかりのエプロンを着けるのも良いかもしれない)

そう考えながらスーパーをまわる。

「御堂さん。今夜は何を食べたいですか?」

「疲れているだろう。このままできあいの物を買うか、食べに行っても良いんだぞ?」

「いいえ。わたしが御堂さんに作りたいんです」

そう話していると近くに居た小さな男の子が泣き始めた。

「どうしたの?」

するりと御堂さんの手を離して、男の子の方へ近付く。しゃがんで、男の子に視線を合わせれば、大きな丸い目から一層涙が溢れ出る。

「おかあさんが、おかあさんが……いなくなっちゃった」

わんわんと泣きながら、「おかあさん」と呼んでいた。わたしは周囲をグルリと見渡してその子の両親が近くに居ないか探そうとした。

けれど辺りには居ないようで、モールのインフォメーションまで行って、館内放送でお母さんを呼び出して貰おうと思った。御堂さんにもそれを伝えようと振り向く。

「なんだ。迷子か」

「ちがうよ。ぼくじゃなくて……お母さんがまいごなんだよ！」

呆れたようにして言った御堂さんに、男の子は言い返した。しかし、御堂さんが近寄るとその迫力から一層瞳に涙が溜まっていく。

「泣くな」

「だって、おじさんの、おかお、が……こわいから」

「誰がおじさんだ！」

視線を厳しくさせた御堂さんに、男の子は顔をクシャクシャにして泣き喚く。

御堂さんはそれに溜息をつきながら、男の子に近付いて、肩に乗せた。

「ほらっ、これで母親を呼んで探せ」

「わっ！　たかい！」

男の子は驚いたのか、涙が引っ込む。そうしているとどこからか子供を呼ぶ声が聞こえてきた。

「ゆう！　ゆうすけー！」

懸命な呼び声に男の子も気付いたのだろう。

「おかーさん」と大声で呼んだ。

母親は男の子の妹と思われる赤ん坊を背負いながら、早足でこちらに近付いてきた。母親の姿が見えると御堂さんはそっと男の子を降ろした。

「ああ、良かった！　もう、走り出さないでよ！」

男の子と母親は互いに駆け寄って抱きしめ合う。その光景を見て、御堂さんはくるりと背を向ける。それに気付いた母親が「あの、ありがとうございました！」とお礼を言えば、彼はそのままヒラリと手を振った。

「……御堂さん。ありがとうございました」

「別に。肩車をしただけだ」

そう言ったけれど、きっかけを作ったのは紛れもなく御堂さんだ。

「御堂さんは迷子を助けたことがあるんですか？」

「いや、ない。というより俺一人で居る時に子供へ声を掛けたら、人攫いだと間違われそうだ」

テキパキとした行動だったから、経験があると思ったのに。

「俺はお前のようなお人好しにはなれない。今だってほのかが声を掛けなければ、そのまま通り過ぎていた」

「でも、実際に迷子になっていた男の子を助けたのは御堂さんですよ」

そう言うとパチリと彼は目を瞬かせる。

「なんだか性善説を唱えられた気分だ」

「さすがにそこまではわたしも思っていません。けれど御堂さんが優しいのは知っています」

「俺が？」

ぎこちなく視線を逸らされる。そのまま隣ではなく、前を歩こうとした御堂さんの手をとっさに掴む。

「手、繋ぐんじゃなかったんですか？」

自分から好きな人の手に触れる。大きな無骨な手。積極的過ぎたかもしれない、と思ったけれど、今更引っこ抜くのは不自然だ。

それにショッピングモールに着いた時は御堂さんから手を繋いでくれた。

(だったら、わたしから繋いでもおかしくないはず……)

自分にそう言い聞かせて、御堂さんを見上げる。

「……ああ、そうだな」

彼はじっと繋がった手を見つめ、そして微笑んだ。

苛烈さの抜けた笑みに視線が吸い寄せられる。重なった手はしっかり握り締められ、離れることはなかった。

＊＊＊

夕飯は彼のリクエストでカレーを作ることにした。

今日買った黄色い花が描かれているエプロンを早速着けて、キッチンへと立つ。

好みがあるだろうから、変わった味付けはしないで、パッケージに書かれているシンプルなものを作ろうと食材を袋から取り出す。

「……なにか手伝うか？」

「運転もして、疲れているんですから、休んでいて良いんですよ」

「だが、俺だけ休んでいては落ち着かん」

そこまで言われてしまえば、断りにくい。

「……えっとでしたら、玉ねぎの皮を剥いてくれますか？」

「分かった」

彼は手を洗って、玉ねぎを手に取った。

その間にわたしは人参とじゃがいもの皮をピーラーで剥いていく。

「ほのか」

「あ、終わりました？」

黙っていた御堂さんの方へ視線を向ける。

「これで良いのか？」

わたしと玉ねぎを見比べながら、彼は言った。その顔はどこか緊張しているようにも見えた。

「ええ。ありがとうございます。御堂さんは普段料理をされるんですか？」

「いや、しない。玉ねぎを剥いたのは人生で初めてだ」

「そうなんですか？」

だけど、それにしては綺麗に剥かれている。

「……カレーを作ると言っていたから、ほのかが荷物を片付けている間に動画で作り方を見ておいた」

バツが悪そうに真実をもらす彼のその不器用な優しさが嬉しくて、心がときめく。

「ありがとうございます」

「いや……」

目を逸らした彼の姿にすら、愛おしさが込み上げるのだから恋とは厄介だ。

にやけそうになる唇を噛み締めて、緩んだ顔を見せないように心を引き締めた。

カレーを作っている間。お互いに口数は少なかったものの、わたしは内心、新婚のようだと浮かれていた。


手を合わせてから夕食を口にする。

向かい合った彼は大きな口であっという間に平らげていく。

「今日はシンプルな味付けにしてあるんですが、御堂さんの家ではカレーに隠し味を入れていましたか？」

「……いいや。俺の家ではまず、カレーが出てくることがなかった」

「カレーがですか？」

定番メニューだと思うのに。それを出さないというのは、家族の中にカレーが嫌いな人が居たのだろうか。

「ああ。俺を産んだ女は料理をしなかったから」

『母』と呼ばずに彼は『俺を産んだ女』と表した。どこか希薄にも思える関係性に、このまま御堂さんの家庭事情に踏み込んで良いのか言葉に迷った。

「そんな顔をするな。それにあの女も、俺のことを最後まで息子だと思ってはいなかった」

「最後……？」

「カタギの世界を生きていたあの女は、父に攫われる形で無理矢理『妾』にされたことで、精神を病んでしまっていた。それに耐えきれなくなった『父』が手を掛けて心中したんだ」

よくある話だと御堂さんは言ったけれど、初めて聞かされた彼の家庭事情に、どう声を掛けて良いのか分からない。

「ほのか。お前が気に病む必要はない」

「でも……」

「それに俺がお前の立場なら『ざまぁみろ』と思うぞ」

「どうして？」

「お前にとって俺は……自分を強引に『情人』にした憎い男だろう」

「違います！　わたしが選んだんです。だから、憎いなんて思っていません！」

立ち上がって彼に向き合う。

今まで彼に『憎まれている』と思わせてしまっていたのか。その誤解を払拭したくて、真剣な顔で彼を見つめた。

「…………俺を、嫌っていないのか」

「御堂さんはわたしに優しくしてくれました。そんな人をどうして嫌えますか」

切々に心情を訴える。どうか彼の心に響いて欲しい、嘘ではないと信じて欲しい。その想いから、ぎゅっと拳を握った。

「だがお前はずっと沈んだ顔をしていただろう」

「それは……」

色々なことがあった。けれどその原因を説明するよりも早く彼が言葉を紡いだ。

「どれだけ俺が贈り物をしようとも、ちっとも喜んでいなかった。俺を見たくないというように、いつも俯《うつむ》いていた。その挙句、部屋を出て……見張りのヤツらには笑い掛けていた」

「……御堂さん」

苦々しそうな彼の表情。

(――もしかしてわたしを見張っていた彼らに嫉妬していたの？)

そんな淡い期待が胸中に芽吹く。

(ちゃんと聞いてみたい)

だけど、わたし達の関係を続けたいなら、万が一にでも失敗はできない。思い違いであれば、この関係は消滅してしまうのだから。

＊＊＊

食べた皿を片付けようとシンクに運ぶ。

彼も同じように皿を持ってこちらにやってきた。

「ありがとうございます」

受け取って、汚れが落ちやすいように洗剤と水を皿に掛けようとしたら、御堂さんが後ろから抱きしめてきた。

「抱きたい」

どこか切迫したような声に心がざわつく。

「御堂さん……」

「熱も下がってからしばらく経つし、そろそろ大丈夫か？」

肩に彼の顔が乗せられる。感じられる重みに、熱っぽい囁き。女として求められているのだと思うとドキリと鼓動が早くなる。

「もちろん大丈夫ですけど……」

言い淀んだのはここがキッチンだからだ。抱かれるには適していないだろうと、寝室に誘おうとした。

「御堂さん。寝室に……」

「駄目だ。今ここで抱いてしまいたい」

そう言って彼が服の裾から大きな手を侵入させる。不埒に動く大きな手。

御堂さんの手が直接わたしの脇腹に触れた。まだエプロンを纏った状態だ。それなのに彼は服を脱がせる時間も惜しいというように、性急にブラのホックを外した。ワイヤーで締められた胸が開放感からぷるりと溢《こぼ》れ出る。

「あ……」

彼の指先が感じやすい乳首に触れた。それだけで期待に満ちた声が溢《こぼ》れる。

はしたない反応をしてしまった。そう思うのに、久しぶりに御堂さんに触れられていることへの嬉しさが興奮に変わる。

「可愛いな。もう感じているのか？」

指の腹でゆっくりと胸の尖りを転がされると、ジンと身体が痺れていくような感覚が広がっていく。熱い指先に触れられると、その先の快楽を期待して、熱が昂る。

「んっ……あぁっ」

乳首を転がされると久しぶりの刺激に身悶えして、身体をくねらせる。触って欲しい。もっと気持ち良くなりたい。

そんな願いが態度に出てしまう。

ついさっき。彼は待てないと言っていた。それはわたしも同じ気持ちだ……

「ん……ぁ」

御堂さんがわたしの胸を揉んで、赤く主張したソコを押し込んで弄ぶ。すっかり敏感になって赤く主張したその場所を爪の先で引っ掻かれると、ビリビリとした快感に息が荒くなる。

「あ……っ、ん」

指で挟んで引っ掻かれ、もう片方は指の腹でじっくり転がされる。左右でそれぞれに違う刺激が与えられると、熱で視界が潤む。

「みど、さん……も、これ以上は……」

喘ぎながら訴える。愛撫に追い詰められた身体は、ガクガクと腰を揺らして、感じているのだと示す。

「……胸だけでイキそうなのか？」

彼に指摘されて、初めてその可能性に気が付いた。まさか乳首の刺激だけで達しようとしているだなんて……

彼に抱かれるごとに、快楽を教え込まれてきた。その影響からか胸の先はぷっくりと赤く膨らんでいる。

(胸で絶頂するだなんて、ありえないと思っていたのに)

乳首を同時につねられるとその鮮烈な快楽に、目の前に閃光が走り、大げさなほどに身体を痙攣させ、達してしまう。

「……ひぁ……あっ……んっ！」

喉を仰け反らせて、喘ぐ。熱を放出した後も、息が乱れ、力が入らない。その身体を御堂さんが抱き止める。

「みどぉ、さん……」

呂律の回らない舌で彼を呼べば、ゴクリと息を呑む音が聞こえた。

「あまり煽るな。こっちはこれでも病み上がりのお前に無理をさせないようにしているんだぞ」

「御堂さんの、すきにして？」

これ以上優しく触れられたら際限なく好きだという気持ちが溢《こぼ》れそうだ。

そんなことになるくらいならば、いっそのこと荒々しく抱かれたかった。

自分の立場を思い知れば、少しは自制できると思ったから。

なのに、彼はわたしの髪をわしゃわしゃと撫でて、そして頬にキスを落とした。

リップ音を立てて、頬、うなじ、鎖骨と口付けが降下していく。時折柔らかく噛まれ、甘美な痛みに酔いしれる。

「み、ど……さん」

「ほのか。龍一、と呼んでくれないか？」

特段弱い耳を硬い指先が擽《くすぐ》る。それだけで大袈裟に身体が戦慄《わなな》き、声が一段と甘くなる。

「ひ、っ……ぁ」

「ほら、俺の名を呼ばない限り止めてやらないぞ」

愉悦混じりに息を吹き掛けられるとゾクゾクと背中が痺れる。舌が耳朶《じだ》の周りをゆっくりと這う。

情欲に湿った吐息で彼の名を呼ぼうとすると、舌たらずなものになった。

「りゅういち、さん」

「ほのか……！」

きつく抱きしめられたから、彼の顔は見えない。けれど、わたしを呼ぶ声は切なく、本当に『わたし自身』のことを求めているのではないかと錯覚しそうになる。

（龍一さん、好きです）

直接想いを伝えることができないから、心の中で自分の気持ちを密やかに告げる。

うっかり口に出さないように、きつく口を閉じて、抱擁の間、何度も何度も心中で想いを告げると、より一層、彼を愛おしいと想う気持ちが増していく。

自分の好きな人と抱き合える幸福。しかし、それを彼に悟られるわけにはいかなかった。

「龍一さん」

「ん、どうした？」

「どうか、何も考えられないように激しく抱いてください」

わたしの気持ちを誤魔化せるよう、快楽に縋ろうと思った。そうすれば、この想いを見抜かれないかもしれないから。なのにそんなわたしの気持ちを御堂さんはばっさりと切り捨てる。

「駄目だ」

「どうして？」

「この前抱いた時は俺の好きにしてしまったからな。今日はお前をじっくりと可愛がりたい」

「……でも」

「後悔するくらいなら、簡単に『好きにして良い』とは言わないことだ」

彼はわたしの背をシンクに追いやり、そして胸を大きな手で揉んだ。

彼の手が動くたびに、わたしの胸がいやらしく形を変わっていく。

「ふっ……ぅ」

羞恥で目を瞑ると、見えなくなったことで感覚が鋭敏になる。硬い指先が乳輪の縁を辿るともどかしくて腰が揺れ動く。焦らされるごとに欲望は膨れ、耐えきれなくなったところで、彼の手を自ら期待した場所に導いた。

「随分と大胆だな」

「だって……」

はしたなかっただろうかと恐る恐る彼の顔を見上げると、途端に乳頭を強く摘まれる。

「あっ、ああっ」

待ちに待った刺激にだらしなく顔が緩む。

もっとして欲しいといわんばかりに胸を突き出すと、短く切り揃えられた爪の先で引っ掻き、空いた方の手で秘めた場所をなぞっていく。

「トロトロに濡れているな」

彼が指先を動かすたびに淫らな水の音が部屋に響き渡る。彼が滴る蜜をすくって花芯に塗り込まれると、一番敏感な場所に触れられた悦びに身体が丸まった。

「りゅ……いち、さん……っ」

欲望を暴かれた恥ずかしさ。けれどそれ以上に彼に与えられる快楽が気持ち良い。

花芯を弄られてすっかり蕩けたナカへと長い指が少しずつ入っていく。

彼のモノと比べると足りないものの、待ち望んでいた質量に満たされ、離すものかと、きゅうきゅうと彼の指を締め付ける。

「あ……あっ、ん」

「凄いな。もうナカがドロドロで俺の指がふやけてしまいそうだ」

一本、二本と指が増やされるごとに、愛液が滴っていく。それでももっと欲しいのだと身体が疼いて堪らない。

(ああ、欲しいのに……)

なのに彼は決定的な快楽を避けているようだった。その証拠に彼の指は中の浅いところばかり突いている。

中途半端に焦らされ、蕩けた熱。内に篭《こも》った快楽に煽られ、もどかしさに太ももを擦り合わせる。

乱らな動きをしようというのに、彼はわたしを弄ぶ指を止めなかった。

「もぅ……やっ」

「何が嫌だ？　俺はただ『優しく』身体を開こうとしているだけだぞ」

苦笑する御堂さんとの経験の差を感じて悔しい。

「龍一さんばかり余裕で、ずるい」

もれた本音に慌てて口を押さえる。

しかし彼は片眉を上げてこちらを見た後に、勢いよく笑った。

「……余裕なんてあるものか」

そう言ってわたしの頭を自身の胸元へと導く。聞こえたのは速くなった彼の鼓動。ドクドクと張り裂けんばかりに荒れ狂うその音に驚く。

「俺の余裕のなさが分かるだろう？」

艶やかな微笑は壮絶に色っぽく、男の欲情を孕んだ目で見つめられると嬉しさが込み上げる。

「龍一さん……」

下肢を緩め、曝け出された逞しい男根。明るい場所で見る怒張は凶悪なまでに反り返り、ソレに今から貫かれるのだと思うと、下腹部が甘く疼いた。

シンクに手を突いた私に背後から覆いかぶさるように御堂さんがゆっくりと入り込む。さんざん焦らされ続けたその場所は彼のモノを締め付けて歓迎する。

「……くっ」

吐き出された浅い吐息。立ったままの体勢で挿入されたからかいつもより深いところまで入り込んだ。

最初の内は緩やかだった律動。けれど行為が深まるごとに、肌がぶつかる音が大きなものに変わっていく。

子宮を屹立で突かれるごとに脳が甘やかに痺れ、口の端からだらしなく涎が溢《こぼ》れる。

「は……っ、ぁ……んんっ」

「そんなに締め付けるな……！」

掠れた彼の声は切羽詰まったもので、彼自身もわたしの身体で感じているのだと分かった。

そのことに無意識に膣を躍動させると、彼のモノがさらに大きく膨らむ。

唐突に背後から興奮に尖った胸の先を摘まれ、途端に目の前に閃光が走る。

「あぁ、ああっ……！」

口から溢《こぼ》れ出る嬌声。達したことで内壁が小刻みに痙攣し、彼の雄をきゅうきゅうと締め付けると、熱い白濁液が最奥へと放たれた。

迸る精液と蜜口が収縮する感覚。互いに荒らげた息を吐き出して、何も話さず、ただ余韻に浸る。

その時間が贅沢だと無性に思った。

＊＊＊

御堂さんが仕事で居ない日中。

彼の部下と一緒なら外に出られるようになったので、数日置きにスーパーへ食材を買い出しに行くようになった。今日もその帰りだ。

「姐さん。もうお帰りですか？」

島田さんに声を掛けられ、わたしは頷く。

「必要な食材は買いましたから」

そう返事をしたら、横を歩く佐々木さんが口を開いた。

「姐さんはスーパー以外どこも寄らないっすね。どこか行きたいところはないんすか？」

こちらを覗き込もうとする佐々木さんの頭を島田さんが「距離が近い」と叩いた。

「ってぇ！　アニキ。そんなに殴られちゃ、馬鹿になりそうっす」

「お前はとっくに馬鹿だろ。っていうか頭が良い人間だったら『姐さん』に対して節度を保つ！」

「あいにく育ちが悪いんでそんなもん知りませ～ん」

軽い調子で言い放つ佐々木さんに島田さんはもう一度拳を頭に叩き落とした。

先程よりも強く殴られた佐々木さんは涙目で島田さんを睨む。

「だからアニキ！　昔の家電みたいにして叩かないでくださいってば！」

「お前が家電のように繊細なタマか！　叩いて直ってくれるんなら、俺の気苦労は幾分かマシになるだろうに」

ギャイギャイと騒ぎ立てながら、島田さんはチラリと気遣うようにして、わたしに視線を向けた。

「でも、本当にどこか行きたい場所があったら教えてくださいね」

「ええ。ありがとうございます」

御堂さんには好きな場所に行ってもいいと言われている。けれど、必要な物は既に買い揃えられているし、特に行く必要はないと思っていた。

「それにしても姐さんは若頭に大事にされているっすよね」

叩かれた後頭部をさすりながら、佐々木さんが話し掛ける。

「大事にされているんですかね？」

本当にそうだったら嬉しいと思う。しかし佐々木さんが続けた言葉は残酷なものだった。

「そうっすよ。長いこと誰かに片思いしているらしい若頭がこんなに大事にする人なんてレアっすよ」

あまりにさらりと大事なことを言われたものだから一瞬、佐々木さんが言っている意味を理解できなかった。というより、理解したくなかったというのが正しいのかもしれない。

固まるわたしに、島田さんが動揺した様子で怒鳴る。

「おいっ！」

言うな、といわんばかりに島田さんは佐々木さんの口を手で覆った。その様子から佐々木さんの言葉が真実なのだと悟ってしまう。

「……そう、なんですか？」

ドッドッドッドッと心臓が騒ぐ。聞いてはいけない。聞いてしまえば、きっと後悔する。そう思うのに、聞かずにはいられなかった。何気なさを装って尋ねると佐々木さんはあっけらかんと答える。

「だってアニキ。組のヤツなら大抵知っていることじゃないっすか」

そのことを聞いて、ひゅっと息を呑んだ。

本当ですか、と尋ねた声はあまりに小さい。

島田さんは気まずそうに目を逸らした。その反応こそが答えなのだろう。

けれどショックを抱いていることを彼らに知られるわけにはいかない。そんな姿を見せればそれこそわたしが御堂さんを好きだと公言しているようなものだった。

（なんとか取り繕わないと）

彼らは人となりが良いけれど、御堂さんの部下に過ぎない。だから、もしもわたしの『想い』を御堂さんに報告されてしまえば……恐ろしさにぶるりと背筋が震える。

「御堂さんには好きな人が居たんですね」

今のわたしの声は強張《こわば》っていないだろうか？

動揺が顔に出ていないだろうか？

感情のまま叫び出せたら、どんなに楽だっただろうか。

激情を心の内に留まらせ、平静を装った——だってそうしなければ、彼の元に居られないのだから。

必死にいつも通りの自分を演じて、彼らに見せる。

そしてなんでもないフリをして、マンションに戻ったのだ。

＊＊＊

寝室のベッドで、枕を抱きながら、わたしは同じことばかり考えていた。

（御堂さんに好きな人が居たんだ……）

それもずっと。

だから、彼は一番初めにビジネスライクな関係をわたしに望んだのだ。

（確かに好きな人が居れば、他の女の恋心なんて邪魔になる）

でも、それならどうして御堂さんはその女性に想いを伝えないのだろう？

ジクジクと心が痛む。

泣きたくなるのを堪え、枕に顔を埋《うず》めた。

（気持ちを伝えなくて良かった）

あのまま勘違いしていたら、近い未来、わたしは自惚れて、彼に告白してしまったかもしれない。

（自分が恥ずかしい）

御堂さんが最初に忠告してくれていたにもかかわらず、彼を好きになってしまった。

その上、御堂さんもわたしと同じ気持ちなのかもしれないと勘違いしていたのだから、救われない。グリグリと枕を強く押し当てる。自分の痴態を走馬灯のように思い起こして、唇を噛み締める。

（……本当に先走らなくて良かった！）

大体、御堂さんがわたしを好きになる要素なんて、一体どこにあるというのだろう。

本来であれば絶対に関わらなかった人だ。お金によって繋がっただけの関係。

それを弁えもせずに、好きになるだなんて…。

（御堂さんはわたしを好きにならない）

もう二度と勘違いしないように、自分に言い聞かせるようにして、心に刻む。

（今日は御堂さんに会いたくないな）

彼と会うのが怖かった。醜い嫉妬が顔を覗かせるのではないかと恐れた。

（いつも通りにしなくちゃいけないのに……）

気を抜くと彼がどんな人を好いているのかと考えてしまう。

どうせそんなことを知っても、わたしではその人の代わりになれない。

下手に知ってしまえば、余計に心が苦しくなる。

どうやって割り切れば良いのか。ひたすらにそのことばかり考える。

どれだけそうしていたのか。

不意に寝室のドアが開く音が聞こえた。

（あ……）

やってしまった。『いつも通り』を装いたいのであれば、彼の帰りを待つ必要があったのに。

「……ほのか？」

戸惑った声で彼がわたしを呼んだ。わたしはどう反応しようか迷ったまま、小さく謝った。

パチリと点けられた電気。その明るさに目が眩む。ゆっくりとこちらにやってきた御堂さんに嫉妬で歪んだ顔を見られたくなくて、抱きついた。

「随分と熱烈だな」

「すみません。駄目ですか？」

「いいや。嬉しいさ」

なだらかに腰を撫でられる。わたしはそれを急かすようにして「抱いてください」と強請《ねだ》った。

「今日は随分と積極的じゃないか」

わたしをベッドに押し倒して、彼がそう囁く。

近い距離なら顔を見られることはないだろうと思い、そっと彼の背に手を伸ばす。

恋心を押し隠すために一刻も早く彼に抱かれたかった。

だって彼に抱かれている間だけはわたしが乱れていても不自然じゃないから。

＊＊＊

御堂さんには好きな人が居る。

それを知って、一ヶ月が過ぎた。

あれからなんでもないフリを続けて、彼との関係性を均衡に保とうとした。

けれど、どれだけ身体を重ねても、想いが重ならないという事実が苦しくて堪らなかった。

分かっている。これが醜い嫉妬であるということを。こんな想いを知られる訳にはいかないのだと。そんなことくらい理解している。

(いっそ御堂さんを好きにならなければ良かったのに)

そうすれば、借金を返すまでの間、心の平穏が保てたのではないか。

(御堂さんが好きな人はどんな人なんだろう?)

長年彼が想いを寄せている人だ。

諦めるためにも御堂さんに聞いてしまおうか。そんなやけっぱちな気持ちにもなる。だってそうすれば、一時的にすごく傷付いたとしても、敵わないと知って、あきらめつくかもしれない。


（……今夜、聞いてみようかな）

なんてことはない。世間話のついでに好きな人が居るのか聞くだけだ。

今日は帰ってくるのが早いと言っていたし、質問しやすくするために「恋愛映画を一緒に見ませんか」と誘ってみればいい。

想いを打ち明ける訳ではない。ただ彼の恋愛事情を尋ねるだけ。それくらいだったら、許されるはず。最初の頃よりも近しくなった距離感に、そう思い込もうとした。

（御堂さんが嫌がるようだったら、すぐに話を変えよう）

そしたら、もう聞かない。

一度きり。この話題が一度きりだと思えば、勇気を出せる。

悶々と悩みながら、わたしはようやく向き合うことに決めた。


「……どうした？」

当初の目的通り、夕飯を終えた後に、リビングで映画を見ようと誘った。

恋愛映画が見たい、と言ったわたしに彼は付き合ってくれている。

ソファーで横並びになって座れば、彼はわたしの肩に手を回した。

(ドキドキしちゃ駄目なのに)

映画を見るために電気は間接照明にしておいた。だから頬が赤くなっても気付きにくいはずだ。

そう思っていても落ち着かない気分になる。

(映画に誘ったのは失敗だったのかもしれない)

映画が終わるまで二時間もある。その間、御堂さんと密着している状態でも、動揺を隠し通さないといけない。

平静を装って、緊張で乾いた喉を潤そうとノンカフェインのカフェオレが入ったグラスに手を伸ばす。それを一口飲んでから、御堂さんに話し掛ける。

「あの、映画を見るのにこんなにくっつかなくても……」

「べつに良いだろう。それとも俺を意識でもしているのか？」

ふっ、と笑われる。余裕そうな彼が今日ばかりは憎らしい。分かっている。これは一方的な八つ当たりだ。むっつりと黙り込んで反論を考えていると、御堂さんは手を絡めて、指の間を擽《くすぐ》る。

「……んっ」

こそばゆさに反応してしまいそうなるのを堪えて、前を向けば、彼もテレビの画面に目を向けた。

「ああいう男が好みか？」

テレビに映るのはよく恋愛ドラマに出ている人気の俳優。甘いマスクの彼は確かにイケメンだけれど、それ以上に……御堂さんの方が格好良いと思う。

「そうですね。確かに格好良いとは思いますけど……」

事実を伝えられないまま、曖昧に返事をすると、御堂さんはわたしの肩に頭を乗せた。

「御堂さん、重いですって！」

本当は大して重くはない。けれど彼との距離が近過ぎて、このままでは御堂さんにわたしの心臓の音が聞かれてしまうんじゃないかと馬鹿なことを思って慌てる。

しかし御堂さんは映画に集中しているようで、ほとんど瞬きもしないまま、真っ直ぐに画面を見ていた。

（本当にわたしばっかりが意識しているんだ）

何をやっているんだろう。一人相撲ばかり取っている自分の行動が滑稽でみじめだ。

集中している様子の御堂さんに声を掛けるのは躊躇《ため》われて、結局なにも聞けないまま、映画を見終わる。

「……面白かったですか？」

「べつに」

ぶ然と言ってのける御堂さんに苦笑する。

「御堂さんは普段、恋愛映画を見たりするんですか？」

「ご都合主義の話は興味ない。それに現実は映画のようにうまくいかないだろう」

「……そうですね」

彼の言う通り。現実には自分が好きになった人に同じ想いを抱いて貰うのはなかなか難しい。

（わたしの恋だってきっとうまくいかない）

けれど、それは御堂さんも同じなのだろうか。

「御堂さんは誰か、好きな人が居るんですか？」

想定していたよりもすんなり出てきた言葉。彼はわたしの質問に少し驚いた様子で眉を上げた。

「どうだろうな」

御堂さんはわたしの質問に答えてくれないまま、曖昧に誤魔化した。

＊＊＊

なんでもないフリをするために、あれから何度も島田さんと佐々木さんと共に、出掛け続けていた。彼らの顔を見ると、御堂さんに好きな人がいるのだということを思い出して、胸がチクチクと痛む。けれど、あのまま勘違いを膨らませるよりも、佐々木さんに教えて貰って良かった、と思えるようにはなってきた。

（あ……）

発見したのは偶然だった。

気分転換がてら、いつもと違うスーパーに行った帰り道。

今日は暑いから、カフェで飲み物をテイクアウトして帰ろうと、三人で歩いていた。

しかし島田さんがピタリと足を止めた。その視線を辿ると、御堂さんが居た。

マンションから離れている場所だ。そんな出先で彼に会えるとは思わなかった。

向かいの店先を歩く御堂さんは、わたしが居ることなんか気付いていない様子だ。

彼の視線は一緒に歩く女性に向けられている。

御堂さんの隣に居るのは、遠目にも目鼻立ちがはっきりと分かる華やかで美しい女性だ。

「あの女性は……？」

わたしの質問に島田さんは気まずそうに目を逸らしたものの、ボソボソと小さい声で答えてくれた。

「えっと、若頭の身内、と言いますか……」

御堂さんは女性に腕を絡められた状態で、歩いていた。

ただの身内とあんな風に密着するだろうか？　そもそも『身内』と言うなら、なぜ島田さんが気まずそうに濁しているのか。それに彼の性格上、嫌ならばハッキリと断るはずだ。

あの女性こそが、御堂さんの好きな人なのではないか。そう思うと胸が苦しくて仕方がない。

「姐さん。あの女性は……」

佐々木さんが説明してくれようとした。だけど詳しく聞けば、嫉妬で顔が歪むかもしれない。そんな顔を誰にも見られたくはなかった。

「すみません。大丈夫ですから。それに御堂さんが誰と居てもわたしには関係ないことです」

動揺を悟られないようにした結果、思ったよりも冷淡な声が出てしまった。

けれど、その通りだった。御堂さんが他の女性と居ても、わたしには咎める権利はない。だってわたしと違って彼は自由なのだから。

帰りの車内は気を遣われているのか、異様に静かだった。

(――綺麗な人だったな)

瞼に焼き付いているのは御堂さんと女性の親密そうな姿。

(どんな関係なんだろう?)

わたしに御堂さんの女性関係を詮索する権利はない。

だっ所詮わたしは金で買われただけの女。そんな立場の女が彼の女性関係に口出しするなんて、できる訳がなかった。

わたしと御堂さんは対等な関係じゃない。

そんなことくらい初めから知っている。

それなのにその事実を目の当たりにすると、どうしようもないほどに胸が苦しくて堪らなかった。

俯《うつむ》いて唇をきつく噛み締める。そうして嫉妬の感情に呑み込まれそうになる自分を叱咤して、ぎゅっと目を瞑り、ゆっくりと息を吐き出す。

今のわたしにできるのは自分の感情を抑えて、マンションに戻ることだけ。

感情的になったところで、きっと切り捨てられるだけなのだから。

戻った後、リビングのソファーに座って、鞄からスマホを取り出す。

メモ機能には今まで御堂さんに抱かれた日付と回数が書いてあった。

(あと何回抱かれたら自由になれるんだろう?)

鬱屈とした思いでそれを眺める。

まだ昼間だ。きっと彼はそんなに早く帰って来ない。それに計算自体は単純なもので、時間はそう掛からないはずだ。

そんな油断があったのかもしれない――気付けば、いつもより早い時間に帰宅した御堂さんが背後に立っていた。

「何をしている?」

抑揚のない声だった。

平坦で感情を感じさせない冷たい声。しかし、わたしを見下ろす彼の視線は鋭利な刃のように鋭くて、本能が逃げろと警鐘を鳴らす。

「……なぜ答えない。俺はただお前が今何をしていたか聞いただけだろう?」

追い詰めるように、ゆったりと御堂さんは聞く。

別に後ろめたいことはしていない。お金を借りている以上、借金の残高くらいきちんと計算するべきだ。それを口にすれば良い。

だというのに、剣呑な視線に気圧されて、じっとりと背中に嫌な汗が流れる。

「……御堂、さん」

緊緊張からかやけに喉が乾いて、ただ一言彼の名を呼ぶのに相当な気力を消耗した。消え入りそうな声は確かに彼に届いたはずだ。

ビリビリとした緊張感が肌に突き刺さる。背後に立っていた御堂さんはわたしが座っている革張りのソファーの隣に腰を下ろして、うなだれるわたしの肩を抱いた。

まるで恋人にするみたいな優しい仕草。けれど今の状況では御堂さんの腕はわたしを捕える堅牢な檻に過ぎない。

お互いに口を開かず、どれくらいの時間が過ぎたのだろう。

無防備に広げていたスマホの画面。それを見られたのだから、わたしが何をしていたか、彼はとっくに理解しているはずだ。

戸惑いと緊張で黙り込んでいると、御堂さんが長い溜息を吐いた。

「……沈黙がお前の答えか」

その言葉には御堂さんの失望が凝縮されているかのようだった。

(わたしは何か、間違えた……？)

その理由を探るよりも早く、ソファーに押し倒される。戸惑うわたしに構うことなく、強引に服を剥ぎ取っていった。

あっという間に裸に剥かれ、乱雑に胸を揉まれる。彼の瞳はどこまでも漆黒で、薄い唇の端に自嘲を刻んでいた。

淡々とした行動が信じられなくて、か細い声で彼の名を呼ぶ。

「御堂さん」

「……距離が近くなったと思っていたのは俺の勘違いか」

深くなった眉間の皺を見て、また間違いを重ねたのだと悟る。

乾いた陰裂をなぞる長い指先。ひきつるような痛みに顔を顰《しか》めると、それを見た御堂さんはわたしの太ももを高く持ち上げ、卑猥な場所を舐め上げた。

「ひっ……やめ、て……」

電気のついた明るい場所で陰部を曝け出すだけでも堪らなく恥ずかしいというのに、その状態で舐められているのだと思うと羞恥で頭が沸騰しそうだ。

「濡れていないんだから仕方がないだろ。それともこのまま突き挿れられたいのか」

脅すような嘲笑。欲情に突き動かされたのではなく、仕方がないという理由だけで辱めようとしているのだ。

それなのに、御堂さんが敏感な場所で喋るものだから、彼の吐息に反応して身体が小刻みに震えた。

「い、いやっ！」

こんな時でも快楽を拾おうとする自分自身の浅ましさに嫌悪を感じて、さっきよりも強く抵抗する。今はとにかく、わたしのはしたなさをこれ以上彼に知られたくなかった。

けれど、それが御堂さんにとっては面倒だったのかもしれない。彼は忌々しそうに舌打ちをして、苛立ちをあらわにさせる。

「……そんなに俺に抱かれるのは嫌か？」

緩く首を横に振る。言葉に出して否定しなかったのは、今の状態では声に嗚咽が混じりそうだったからだ。

「俺と話す気もないんだな」

誤解されている。慌てて否定しようとしたけれど、御堂さんが愛撫を再開したことで甘やかな悲鳴に変わってしまった。

じゅっ、と唾液を含ませた口で、興奮に膨れ上がった陰核を吸い上げる。弱いところを的確に責められ、身体が勝手に反応し、上擦った声がもれた。

「……はっ、好いてもない男に舐められて感じるのか？」

嘲る御堂さんが、ふぅっと敏感な場所に息を吹き込む。

「……ぁ……っ」

物足りないといわんばかりの自分の声。腰を突き出して、御堂さんに舐めて貰おうとする浅ましさ。そのことに彼も気付いたのだろう。丹念に花芯を舌で嬲《なぶ》っていく。

指とは違うねっとりとした刺激に背中を仰け反らせて、強い快楽を悦ぶ。

「ひぁ、あっ……ん、んっ」

秘所からは愛液が次々と溢れ、粘着質な水の音が鼓膜を責める。

一際強く吸われると、快楽の火花がバチバチと弾け飛んで達した。

「淫乱め」

ひどい言葉を言われている。なじられていると分かっているのに、頭がぼんやりとしていて働かない。身体はすっかり脱力し、荒い息を整えるのがやっとの状態だ。

凄まじい快楽に放心していると彼は自身のモノをあてがって、ナカへと侵入しようとしている。

「……ぇ……まっ、て」

無情にもその懇願は聞き届けられることはなかった。それどころか最奥を一気に貫かれ、なんの配慮もなく揺さぶられる。

「あ、あっ……！」

快楽にチカチカと閃光が迸る。その激しさから逃れようと身体を浮かせると、腰を掴まれて簡単に押さえつけられた。

「……逃げるな」

短い命令と共に、視線が交わる。

怒っているのだとばかり思っていた御堂さんの眼差しは、傷付いたかのような顔でわたしを見つめていた。

「み、ど……さん」

どうしてそんな顔をしているんですか。

そう聞きたかった。でも、今のわたしにできるのは振り落とされないように彼にしがみつくことだけ。背中に手を廻して縋り付く。御堂さんの表情を窺《うかが》うことは、もうできなかった。

「ぁ、ああっ……ッ」

汗と体液で濡れた身体が照明に反射して、てらてらと光る。ぐずぐずに溶けた身体はひたすらに彼を求め、いやらしく腰をくねらせていた。

時折空いた手で陰核を転がされると、それだけで簡単に達してしまう。

お腹の奥が痙攣して苦しいのに、同時にもっと大きな快楽を欲して子宮が疼く。最奥を貫かれるごとに、愛液がソファーに流れ落ちた。

絶頂を求めた身体はその熱を発散するために、彼のモノを締め付け、小刻みに痙攣していく。

やがて一際深いところを擦られると、頭が真っ白になり、絶頂に戦慄《わなな》いた。

深いところまで達した胎の奥が細かく蠢いて、注がれた熱い飛沫を飲み干そうとする。

くたりと思考が途切れる。許されるならこのまま眠りたかった。

心も身体も疲れ果てて休むことができたらどんなに幸せなのだろう。

ボンヤリとした思考。彼の顔が近付いてきているのに、それを呆然と眺める。

(ああ、このままじゃ……)

唇同士が重なってしまいそうだ。

「……くそっ」

直前で彼の動きが止まる。どうして、と尋ねるには、心も身体も疲れ果てていた。

「……ほのか。すまない」

わたしを呼ぶ彼の声が震えている。ポタポタと熱い雫がわたしの頬に落ちてくる——その正体が何か確認する前に意識が落ちてしまった。

第七章

昨晩、御堂さんに何度も抱かれたからか、身体が重い。ほとんど眠れなくて、頭がぼんやりする。緊張の糸が切れたようだった。

(この先、どうなるのかな)

御堂さんは別に女性に不自由しているわけではない。

裏社会に居るとはいえ、御堂さんの男らしい美貌は人目を引く。そんな彼に抱かれたい女性はそれこそ大勢居るはずだ。平凡なわたしにその人達と対抗できる魅力があるとは思えない。

——お金さえあれば……

自分の気持ちを素直に御堂さんに伝えられたのだろうか。

鬱々とした感情のまま、時間の確認をしようとスマホを開くと高校時代の友人であるゆりなからメッセージが届いていた。彼女は確か今、夜の仕事をしていたはずだ。

『久しぶりー！　ねぇ、急なんだけど今夜空いてる？』

どうしたのだろうとメッセージの返信をフリック入力していると、ゆりなからの電話が鳴った。

その勢いに驚いて通話ボタンを押してしまう。

「久しぶりー。元気にしてた？」

「うん。元気だよ。ゆりなは？」

「あたしも元気。ところでほのか。メッセージでも聞いたけど今夜暇？」

「えっと、どうして……」

「もし空いていたら、一緒にキャバクラで働いてみないかな？　って」

「えっ」

「今日だけで良いの。ほのかさえ良かったら三時間だけで終わらせるように言っておくし、どうにか一緒に行けない？　二人で体験入店するからって時給の交渉をしたんだけど、もう一人が体調悪くなっちゃって……」

かなり必死な様子だ。それだけ困っているのだろう。でも、御堂さんに断りもなく勝手に行けるはずもない。

ゆりなには悪いけれど断ろうとした。よりにもよってそのタイミングで部屋の扉が開いた。

「あ……」

御堂さんが手に持っていたのは黄色い花束。それが無惨にも床に捨てられ、長い腕でわたしのスマホを奪っていく。

「悪いが、ほのかは俺と過ごす」

低い声音でそうゆりなに告げると、彼は電話を切って、スマホをわたしに手渡す。向けられた眼差しは厳しいものだった。

「そんなに金が欲しいか？」

「違います。わたしはちゃんと……」

断ろうとしていた。そう言い切ろうとしたのに、彼の目に失望が浮かんでいるのを見て、言葉を詰まらせる。一拍の間《ま》。その沈黙が彼の逆鱗に触れる。

「答えられないのならもういい」

無言のまま彼に腕を引っ張られて、外に連れ出される。

乱暴に玄関の扉を開けた御堂さんに島田さん達は驚いた様子でこちらを見ていた。御堂さんはそれに構うことなく進んで、わたしを黒塗りの車の後部座席へと乗せた。

そのまま隣に座った御堂さんは運転手に行き先を告げると、永田《ながた》も呼んでおけと短く命令した。

運転手はそれに従って、電話を掛けた後、すぐに戻って車を発進させる。

＊＊＊

御堂さんが向かわせた場所は世界的に有名なホテルだった。

戸惑うわたしをよそに、彼はわたしの腰を抱きながら、フロントでスイートルームの鍵を受け取る。そして案内は不要だとフロントに言って、二人きりの状態でエレベータに乗り込んだ。

（せっかく御堂さんは花を持ってきてくれていたのに）

その花束こそ、彼が仲直りしようという気持ちの表れだったのだろう。

「御堂さん……」

車内では運転手の目もあって、喋らなかったものの、今は二人きりだ。行くつもりはなかったのだと、ちゃんと説明しようと思って、「御堂さん」と声を掛ける。しかしそのタイミングでエレベータが到着したものだから、わたしの声はかき消されてしまった。

部屋で待っていたのは小柄で溌剌とした雰囲気の女性だった。

彼女は目を輝かせながら、わたしに近付いて、部屋の奥へと誘導する。

「……え。あの」

「ドレスに着替えるんでしょう？　こっちに来て」

そんなこと聞いていない。しかし広い寝室に入ると彼女はテキパキとした様子でウォークインクローゼットからドレスを何着か取り出して、わたしの前にあてがった。

「ドレスははっきりした色合いより、淡い色の方が似合いそうね。だったら、髪は緩く巻いて、メイクも温かみのある感じでいこうかしら」

小首を傾げて楽しそうに話し掛ける彼女は胸元に大きなビジューが付いたピンク色のドレスを選ぶ。淡い色で可愛らしいものの、丈が短く、胸元も開いている。わたしがこのドレスを着るのには抵抗がある。

「これは、ちょっと……」

「どうして？　似合うわよ？　あ、それともシックな色合いのドレスを着てみたかった？　でも、あなただったらやっぱりパステルカラーが似合うと思うし……」

違う。そうじゃない。止めようとしたのに彼女は「いつまでも御堂さんを待たせられないでしょう」と言って、強引に服を脱がせた。

「あら、あなた。綺麗な肌しているわね。ボディーケアは何をしているの？」

立て続けに質問されて、それに答えているうちに、彼女の勢いに呑まれ、あっさりと着せ替えどころかヘアメイクまで終わる。

そうして、御堂さんの前に連れ出されると、彼女は軽快な足取りで立ち去っていった。

取り残されたわたしを御堂さんは自分の横に座るようにと命令される。

慣れない高いヒールのせいでゆっくりとしか進めない。けれど、御堂さんはそれに文句を言う気はないようで、ただじっとわたしがやってくるのを待っていた。視線に促されて、大人しく彼の横に座れば、当たり前のように腰を抱かれる。

「御堂さん。これは……」

チラリと視線を机に向ける。その上に並んでいたのはフルーツの盛り合わせに、氷の入ったアイスペール。ウィスキーのボトルと数本のシャンパンボトルがグラスと共に並べられていた。

「ほのかがキャバクラで働きたそうだったから、場を整えてみた――とは言っても所詮『ごっこ遊び』にはなるが」

心配しなくても俺を接待分の給料はちゃんと出すさ、と彼が続けた。

「酒は飲めるか？」

弱いものの、嫌いではない。けれど、それに素直に頷けば、彼の意見に同意したことになってしまう。

「……御堂さん。わたしはキャバクラで働く気はありません。さっきの電話だって断るつもりでした」

御堂さんの同意なしに勝手な行動をする気はないと言い募る。

「……口篭《くちごも》っていたくせに」

「あれはどう断れば良いか考えていただけです。御堂さんはわたしを信用してくださらないんですか？」

「だが、金は欲しいんだろう？」

「それは……」

痛いところを突かれて押し黙る。お金が欲しいのは事実だ。彼に返す分のお金が手に入ればわたしは自由になれるのだから。

(そしたら御堂さんに告白だってできるのに)

最後くらいは素直になっても良いだろう。淡い願望くらいは抱いておきたい。

「……そんなに金が欲しいなら、セックス以外でも稼がせてやろうか？」

彼の指が艶めいた仕草で、わたしの唇をゆっくりとなぞる。

情欲を孕んだ眼差しで見下ろされ、その色香に吸い寄せられるようにして、視線が重なる。

「俺は優しいから、簡単な方法を追加してやる——お前からキスするたびに一万、というのはどうだ？　あぁ、慣れていないなら特別に俺がやり方を教えてやってもいいぞ？」

彼の端整な顔が近付く。わたしはとっさに手でそれを阻んだ。

だってキスなんかされたら、きっと彼への恋情が今以上に大きくなる。

(そんなことになったらもう隠せない)

だから、できない。絶対に拒まなければならなかった。

「俺とのキスはそんなに嫌か」

ほんの一瞬。彼の顔が悲痛に歪んだ。その表情の意味を問う前に、彼は嗤う。

御堂さんは床に置かれた紙袋に手を伸ばし、乱雑に何かを取り出す。

彼が手にしたのはショッキングピンクのけばけばしい卵形のローターと拘束具。それも複数ある。

「……やっ」

こんな卑猥なモノ。見たくもない。嫌がるわたしを抑えて強引にドレスの胸元に手を侵入させる。

「どうせすぐに、感じるくせに」

彼は皮肉げな笑みを浮かべて、爪の先で敏感なソコを小刻みに弾いた。硬い爪先で敏感な場所を刺激されると、ジクジクと胸が疼く。

けれどすぐに毒々しい色の玩具が音を立てて胸の先に押し付けられようとしていることに気が付いた。御堂さんの腕から逃げ出そうとしたのに腰をがっしりと掴まれて、呆気なく捕まってしまう。

「逃げるな」

強引に玩具を右胸の先に押し付けられると細やかな振動が肌に伝わる。けばけばしい色をした無機質な機械が音を立てて、わたしに迫る。

「……っや……だ」

ふるふると首を横に振って訴えても無意味な抵抗に終わる。機械に感情はなく、御堂さんも止める気はない。

それどころか嫌がった罰だといわんばかりに、さらに強く押し付けられてしまった。

こんな玩具にいいようにされている自分の姿を御堂さんに見せたくなくて、唇を噛み締める。

けれど、そうしたところで、唇の端からもれる吐息は甘い。きっと御堂さんもわたしが感じていることに気が付いているだろう。

彼は愉快そうに口の端を上げて、ローターのスイッチをわたしに見せつける。

「まだ一番弱い設定だ。今からこんなに反応してどうする?」

叱り付けるように、ローターの出力を上げられる。途端に強まった振動に耐えられなくて、大声をあげる。

「や、だぁ……!」

「身体をくねらせて悦んでいるくせによく言う。それとも、刺激が足りないのが不満か?」

御堂さんはテーピングバンドのようなもので右の乳首に震えるそれを固定すると、別のローターをショーツ越しに陰核へと押し付けた。ローターが一番敏感な場所に当たると、そこからクチュリといやらしい水の音が聞こえた。卑猥に濡れたソコは快楽を期待して、受け入れようとしている。

(こんなの嫌なのに)

わたしの手にすら収まるような小さな玩具。そんなものにいいようにされている自分が情けなくて仕方ない。けれど一度火がついた情欲は、その先を期待して潤んだ瞳で彼を見る。

「御堂、さん……」

「……は。もう濡れている」

下着越しにローターが陰核にぐりぐりと押し付けられる度に、わたしは陸に打ち上げられた魚のようにビクビクと身体を痙攣させて、強過ぎる快楽に身悶えた。

「ひっ、んん」

「ナカにも挿入《い》れてやる」

ショーツを剥ぎ取られ、密口へとローターが差し込まれる。ずくずくに蕩けたソコは嬉しそうに異物を呑み込んでいく。差し込まれたローターが震え出すと、内と外で同時に責められる刺激に耐えられずに、ひたすらに喘ぐ。太ももにまで愛液が流れ、お尻まで垂れていく。

あれだけローターに対して嫌悪していたというのに、すっかり快楽に従順になった身体はもう小さな玩具の蹂躙を許して悦んでいた。

「ひっ、あぁ……ん……ッ」

頭がおかしくなりそうな気持ち良さ。暴力的ともいえるそれに吐息が乱れ、前髪が汗で額に張り付く。

ぬるぬるに蕩けたソコはもう限界が近い。蜜に濡れたローターの振動が強められたことでわたしは大きくのけ反って、快楽に身体を戦慄《わなな》かせる。

「や……ッ、あぁっ、ぁ……！」

「こんな玩具でもイクのか？」

嘲りの言葉は絶頂の余韻に沈むわたしの耳に届かない。けれど、卑猥な誹りを受けているのはなんとなく分かった。

しかしその間にも、ローターの振動は続く。

イッたことで敏感になった身体は浅い絶頂を繰り返し、反論する元気は残されていなかった。それどころか、今やだらしなく足を広げて、彼に協力している。

「凄いな。とろとろじゃないか」

下着を剥ぎ取られ、遠慮のない手つきでナカを指で触れられる。その間も、陰核にはローターが絶え間なく押し付けられて、無慈悲な快楽を与えられていた。何度も絶頂に達するとお腹の奥がひくひくと痙攣が続いて苦しい。

「もっ、やぁ……！」

「『嫌』じゃなくて『良い』の間違いだろう？」

残った左胸のブラジャーの中にローターを入れられ、震える玩具が容赦なく乳首を甚振《いたぶ》った。無機質な、それでいて逃れようのない快楽。右の胸にしっかりと貼り付けられたそれと違って、固定されなかったから、当たる場所がランダムになって、予想できない快楽に翻弄される。

四つの震えるローターで弄ばれて、身体をくねらせてよがるわたしは、汗と涎でさぞしまりのない顔をしていることだろう。けれどそこから何度達しても、彼は決して抱こうとしなかった。

「みどうさん……」

荒い息を弾ませて彼の名を呼ぶ。足りない、こんなものでは満足できないと密が流れ出る。早く彼を受け入れたいと下腹部が疼いて、満たされたいと切望する。すっかり欲情し切った瞳を潤ませながら御堂さんを見つめた。わたしを見下ろす彼は意地悪く微笑んでいる。

「俺が欲しいか？」

その質問にコクリと頷く。しかし、それは御堂さんの望む答えじゃなかったらしい。

罰だといわんばかりに陰核を苛めるローターの刺激が強められる。

「あっ、あぁっ……！」

「違うだろう。ちゃんと口で言え。言わないなら、ずっとこのままだ」

太ももを持ち上げられると、余計にお腹の奥のひくつきが強く感じる。押し倒された状態で彼を見る。

「御堂さんが、ほしい」

請われるがままに彼を求める。

頭上からゴクリと息を呑む音が聞こえた。わたしを苛んでいたローターのスイッチを切って、ナカのものを引き抜くと乱暴に放り投げた。

「ほのか……」

素早く避妊具を付けた屹立がじゅぷじゅぷとナカに挿入っていく。

「ん、あぁっ……！」

疼いた場所が彼のモノでみっちりと埋まっていく多幸感に頭が一杯になる。

「み、ど……さん」

——この時のわたしは玩具での容赦ない責め苦や、連日の寝不足、捨てられるかもしれないという緊張感で限界だったのかもしれない。

欲しいものが得られた安堵に浸って、胸中で呟いたはずの想いが口から溢れ出る。

「っ……す、き……」

喘ぎ声混じりの、今にも消え入りそうな告白。しかしその告白はきちんと御堂さんの耳に届いたらしい。

（わたしは何を、言って……）

ピタリと律動が止まって、彼は呆然とわたしを見つめていた。

最悪だ。心の奥に幾重もの鍵を掛けて、御堂さんへの気持ちを隠そうと決めていた。そのはずだったのに、どうしてこのタイミングで想いを告げてしまったのか。

「ほのか」

「……っ」

彼に名前を呼ばれてビクリと肩が跳ね上がる。

もしも彼が顔を顰《しか》めていたらと考えると怖くて目が開けられない。

「今の言葉は本当か？」

硬い声で彼が聞いた。御堂さんにとって、そんな声を出すほどに、わたしの気持ちが迷惑なのだろうか……。

関係を続けたいのならば、違うと言えば良い。

だけど、それと同時にもう御堂さんへの気持ちを否定したくないと思ってしまった。

「……迷惑、ですか？」

たった一言。御堂さんに聞くだけで、鼓動が速まり、今にも壊れてしまいそうだ。

不安な気持ちで彼を見れば、強く抱きしめられた。

「もう一度、もう一度言ってくれないか」

きついくらいの抱擁。

だけどそれだけ彼がわたしの想いを歓迎してくれる証なら、息苦しさすら嬉しい。

「好きです」

わたしが答えると未だ自分を貫いている熱杭の質量が増した気がする。

「ああっ！　クソ。反則だろ！」

答えた途端、激しい律動がわたしを揺さぶる。

口から飛び出るのは甘いだけの声。

与えられた快楽を享受しながら締め付ける。

ひくひくと貪欲に精を搾り取ろうとナカが蠢く。彼も感極まったのか硬い屹立が一段と大きく膨らむ。

「……出すぞ」

「はぁ……んんっ」

その言葉と共に薄いゴム越しに彼の熱い情欲が注ぎ込まれる。

終わった後の倦怠感で意識が遠のく中。

冷静になったわたしは御堂さんが「好き」だと返してくれなかったことに気付いていた。

御堂さんよりも先に目が覚めて、逃げるようにしてシャワーを浴びる。

どうして御堂さんに『好き』だなんて言ってしまったのだろう。

昨夜の自分の言動を後悔する。

隠そうとしていたくせに、あっさり自分の想いを吐露するだなんて馬鹿にもほどがある。

(この関係は御堂さんの気持ちひとつで崩れてしまうのに)

昨夜はたまたま御堂さんがわたしを切り捨てなかった——けれどその次は？

次が大丈夫なんて保証はどこにもない。

「嫌だなぁ」

御堂さんがわたしと同じ気持ちであるとは思わない。

だって昨夜、御堂さんはわたしに『好き』と言ってくれなかった。結局それが彼の答えなのだろう。行為の最中に告げたからこそ、戯れの一種としてわたしを拒まなかったのかもしれない。

いっそのこと昨夜の記憶なんか残ってなければいいと馬鹿なことを思う。

けれどそんな都合の良いことがあるはずない。

馬鹿な妄想を振り切るようにしてバスローブに着替えていると、廊下の奥から荒々しい足音が聞こえた。

「御堂さん？」

扉を開けると、御堂さんは大きく息を吐いて、わたしを見据えた。

「なんだ。居たのか」

「どうしたんですか？」

「起きたら居なかったから、逃げたのかもしれないと思った」

よく見ると彼は相当慌てたらしい。寝癖は付いたままだし、床に置いたままで皺だらけになったスラックス、ボタンを掛け違えたシャツを身に纏っている。

普段隙のない格好をしている御堂さんがそんな姿をしていることが新鮮に映る。

「……ほのか」

「はい」

「あまり俺から離れるな」

一層きつく抱きしめられて、それでも彼の背に腕を廻さなかったのは期待しそうになる自分を戒めるため。

「……なんだか告白みたいですね」

「告白なら昨夜お前がしただろう」

顎を掬《すく》われ、強引に視線を合わされる。

彼の目は瞬きすることなく、わたしの表情をじっと窺《うかが》っていた。

「御堂さん」

動揺して声が上擦る。

御堂さんは不敵に笑って、犬歯を覗かせる。

「好き、と言っていたな。あれは場を盛り上げる方便か？」

彼とわたしの関係性も含めて、後々のことを考えるなら、その通りだと頷いた方が良いのかもしれない。

そう思うのに彼があまりにわたしを優しく見るものだから……どう答えて良いか分からなくて、吐息すら感じる距離に耳まで赤くなる。

「御堂さん……」

「あぁ。そんなに熱っぽくこっちを見るな。期待するぞ」

「期待、ですか？」

「昨夜の言葉が真実である、と」

耳元で囁き、そしてリップ音を立てて耳朶《じだ》に数度口付ける。

弱いその場所を責められると、甘い快感が背筋を駆け巡っていく。

「なぁ、ほのか」

「はい……」

「好きだ。だからお前も俺にもう一度『好き』だと言って欲しい」

彼の突然の告白に、心臓の音が高鳴る。

――御堂さんには好きな人が居る。

ちゃんと知っているのに、彼の言葉が嬉しくて、乞われるがまま、想いを告げた。

「……すきです」

頭では、なし崩し的に想いを告げるのは駄目だと、ちゃんと分かっていた。

だって告白したところで、わたしと彼の関係は結局借金で繋がったままだ。それをきちんと清算しなければ、対等な立場にはなり得ない。

現に今も、御堂さんが長年想いを寄せている女性の話を聞けてはいなかった。

想いが通じたところで、御堂さんの存在は遠いまま。

彼だって、わたしたちの間に確かにある隔たりを分かっているのだろう。

わたしを自分の膝に乗せて、頬に何度も口付ける。なのに、わたしが拒絶した唇には触れようとしない。

もう一歩、踏み込んで話をしなければ。なのに、踏みとどまっているうちに電話が鳴った。

御堂さんは渋々といった様子でそれに応え、立ち上がって外出の準備を始める。

そして一緒にホテルを出る直前。

御堂さんは昨夜わたしを抱いた分の金額が入った封筒を渡したのだった。

＊＊＊

御堂さん――龍一さんに想いを告げてひと月が経とうとしている。あれからわたしは龍一さんと名前で呼ぶようになり、彼はわたしに極端に甘くなった。

今も有名なパティスリーのケーキを用意して、わたしにどれが良いかと選ばせている最中だ。

色とりどりで鮮やかなケーキは芸術品のように煌めいている。十個ばかりあるそれは龍一さんがよく買ってきてくれるもので、どれもわたしが好きな味だ。

「どのケーキにするんだ？」

「あの、たまには龍一さんが選んでください」

「俺はお前が喜べば、それで良い」

ソファーに横並びになって座るわたし達の距離は近い。

目を細めて上機嫌な様子の龍一さんはわたしの腰を抱いて、気まぐれに頬に口付ける。

「……欲しい物はないか？」

フルーツタルトを頬張っていると、彼はおもむろにわたしに尋ねた。

このやりとりも、想いが通じてから毎日行われている。

そしてわたしの答えは毎回同じ。ゆるりと首を横に振って、断る。

「何もないですよ」

「バッグや服や宝石。なんだって良いんだぞ？」

そんなものを与えられたら、本当に金目当ての女になってしまう。抱かれた分の金額はちゃんと支払われているのだ。どうしてこれ以上の物を強請《ねだ》れるのだろう。

聞かれるたびにきちんと断っているのに、彼は諦める気がないらしい。

「今ある物で十分足りていますから」

「物欲がないな」

誤魔化すようにタルトを一口差し出す。

わたしが本当に欲しいものは……彼の心だ。けれどそんなこと言えるはずもなくて、曖昧に笑って誤魔化すことにした。

「御堂さんは欲しい物はないんですか？」

「あるにはあるが……」

彼にしては歯切れが悪い。でもわたしだって答えられないのだから、あえて言及はしない。

お互いに踏み込まないから平穏な関係でいられる。だけどこの均衡が第三者によって崩されるのはそう遠くなかった。

幕間三　ｓｉｄｅ龍一

長い間、妄執を向けていた相手に好きだと言われた。

告げられた瞬間、体中の細胞が嬉しいと叫ぶ。その愚かな狂喜を、ほのかには知らないままでいて欲しかった。

――十年前、ほのかに命を助けられた。

どうせこの先の人生碌なことにならないと投げやりになって、何もかもどうでもいいと思っていた俺に差し込んだ一筋の光。それこそが、ほのかだった。

ほのかが高校二年の時。彼女に接近する男が現れた。

彼女は自分を地味だと思っているようだが、色白でおっとりとした風貌は男受けが良い。

しかし少々鈍感で、男共のアプローチに気付いていなかった。

今回もそうだろうと思っていた時だ。その男は彼女の小さな手を握り締め、告白したのだ。

それを音声付きの映像で見た俺は荒れ狂う感情を抑えようと必死だった。

強い酒を呷って、グラスをガラステーブルに叩き付けるように置く。だがそんなことをしてもちっとも酔えない。

何度も何度も映像を見返す。

ほのかは男に手を握られて恥ずかしそうに顔を真っ赤にしていた。

常ならば愛らしいと思うのに、自分以外の男がそんな顔をさせていると思うと憎らしさすら感じた。他の男に取られないように、一刻も早く彼女を閉じ込めなければとそう考えもした。

けれど、そんなことをしてどうなる？

そうなれば、きっと彼女は俺に怯えるだけ。あの陽だまりのような笑みを見せてくれることはない。

（……だが、このまま他の男に取られても良いのか？）

彼女を陰から見守ってもう六年になる。

その間に彼女は結婚もできる歳になったのだと気付き、ゴクリと喉が鳴った。

いっそのこと攫ってしまいたい。

だが、顔も覚えていない相手に想いを向けられるなんて、彼女にとっては恐怖以外なにものでもないだろう。

（……くそ。少しは冷静になれ）

ほのかが好きだ。

見守るうちに膨らんだ感情は最早自分でも制御できない。

彼女を傷付けたくないなら、今は冷静になる必要があった。だがほのかに近付く男を排除するこ

とについてはその限りではない
（まずは男を牽制しておくか）

もう二度と穢らわしい手で彼女に触れないようにきちんと『教育』しなければならない。

その手の『教育』に詳しい人物を頭の中で何人かリストアップして、電話を掛ける。

大丈夫。少し彼らと話し合ってもらうだけ。それだけで彼女に近付かなくなるのなら、その程度の想いだったのだ。

（俺だったらそんなものに屈しない）

そして思った通り、ほのかに告白してきた男はそうやって『話し合った』だけで、彼女を避けるようになった。

それ以降、彼女に告白してきた男達も同じ。そのうち、ほのか自身も男達との接触を控えるようになっていった。

なんて骨のない連中だったのだろう。

だがもしも『話し合い』をして、それでも引かずに、立ち向かってくる男が現れたら。

果たして自分はその男の存在を許せるのだろうか。

（そうなったら、ほのかを本当に幸せにできるのか……俺が直接確かめるしかない）

気付けば彼女を見守りはじめて十年が経っていた。その間、何度彼女と直接話したいと思ったことだろう。

しかし俺が彼女の前に出るのはほのかが本気で困った時と決めている。

彼女に貰った恩を返したい。

だから、ずっとその日を待っていた。

けれど。そんな日が本当にくるのかと不安に思う時がある。

いっそ今すぐ彼女と会って、何もかも奪いたいと思って荒れ狂う時も。

――ずっと待っていたんだ。

本音を言えば今すぐ、飢えた獣のように彼女を喰らい尽くしたい。

そんな獰猛な気持ちになると、仕事場の鍵の付いた引き出しから、一枚のハンカチを取り出す。

色褪せた黄色のハンカチ。それは俺を手当する際に、彼女がくれたものだった。

彼女の名前が刺繍してある場所を撫ぜる。

このハンカチだけが俺と彼女を繋ぐ唯一のものだ。だから、大切に保管している。

(こんな一枚の布切れを後生大事にするとはな)

苦笑しながらも、ハンカチをなくさないように引き出しに仕舞い、厳重に鍵を掛けた。

そしてふと彼女の声を聞きたくなり、動画をスマホで再生する。

社会人になったほのかは酒も少しだけ飲めるようになったらしく、居酒屋で友人とカシスオレンジを飲んでいた。

ふにゃりと笑ったその顔を見て、こちらの頬も緩む。

(あぁ。可愛い)

冷たい液晶に映る彼女の頬を撫ぜる。もしもこれが実際に彼女の頬であったならば、と柔い肌の感触を夢想する。

まるで思春期の少年のような想像をしていると苦笑した。

分かっている。いい年してなんて気持ちの悪いことを考えているのだと。

ほのかにとって自分は悪質なストーカーであると。

それを自覚しているからこそ、恋情を秘める必要があった。

＊＊＊

ほのかと出会ってから十年が過ぎて、ようやく俺は彼女と対面すると決めた。

（……柄にもなく緊張しているな）

彼女の父が友人の連帯保証人になったことで、背負った借金。

その問題を解決するためにやってきたのだが、いざ彼女を前にすると欲が勝り、つい自分の情人になれと言ってしまった。

（もっと徐々に距離を詰めていくつもりだったが……）

けれど、長年想いを寄せていたほのかが目の前に居るのだ。

余裕は消え、どうやったら彼女を自分に繋ぎ止められるのかと焦っていた。

俺は金でほのかの人生を縛ってしまったのだ。

確かに彼女は俺の情人になることを了承した。

しかし、それは借金の返済をするために仕方なくだ。彼女が望んで俺の傍に居るわけではない。

現に俺と暮らし始めたほのかの表情は暗いまま。

せめて少しでも喜んで欲しいとプレゼントを贈ったが、どういう訳か更に表情は硬くなった。

一体どうしたらほのかは笑ってくれるのだろう？

陽だまりのようなあの笑みを俺に向けて貰えたら、どれだけ幸福だろうか。

彼女の幸せを考えたら、自分のような男は離れた方が良いのではないかと考える時がある。

彼女は『あの時』俺を救った。

ならば俺は恩返しとして、ほのかが背負っている借金を帳消しにし、俺のような人間から解放すべきではないだろうか？

ほのかは気立てが良い。

きっと俺が邪魔さえしなければ、真っ当な男と幸せになることができるだろう。

だが俺はそれに耐えられるのだろうか。

ほのかが他の男と並ぶ姿を想像するだけで不快で堪らない。

想像するだけで実際に居もしない人物に嫉妬しているのだ。

これでは実際にほのかが自分以外の男を選んだ場合、一体どうなってしまうのか。

悩みながらも、毎夜彼女の頬を撫でる。

画面越しに触れていた肌に実際に触れているのだと思うと、感慨深い。一度手放したら、もう触れられなくなるのだと考えると、どうしようもないほどに胸が苦しくなる。

「……愛している」

掠れて弱々しい声で、想いを告げる。

彼女が寝ている時にしか自分の気持ちを曝け出せないのはもどかしい。

だが、ほのかにとって俺はただの債権者であり『金』で繋がっているだけ。そんな相手に想いを寄せられても迷惑なだけだろう。

もうこの先、きっとほのかの笑顔を見ることはできないのだろう。そう思っていたのに。

身体を繋げたとき、ほのかが俺を好きだと告げた。

その喜びたるや。

この世の全てを得た気分だった。

(愛している。俺こそお前を、お前だけを愛している……!)

無我夢中で彼女を抱いて、好意を態度で伝えようとした。

行為が終わって気絶するように眠りについたほのかの髪をなるだけ優しく梳く。そして空いた手で彼女の唇を辿る。

唇を重ねる許可はいつ得られるだろうかと思いながら、彼女の横で眠ることにしたのだ。

俺が欲しいもの――それは今も昔も変わらない。

俺の隣でほのかが笑ってくれること。

ただそれだけが俺の願いなのだから。

スーパーからの帰り道。島田さんが「他の場所も寄ってはどうですか」と気遣ってくれたので、わたしはその言葉に甘えて、街の通りを歩くことにした。

しばらく歩いていると「喉が乾きませんか」と島田さんが尋ね、佐々木さんは「俺はコーラが飲みたいっす」と言っていたので、わたしはお茶をお願いした。

島田さんが近くのコンビニまで買ってきてくれている間、歩道の脇で立って待っていると佐々木さんのスマートフォンが鳴った。わたしはここに居るので出ても大丈夫ですよ、と言う、彼は三歩ほど離れた場所で電話に出た。

わたしはボンヤリとその様子を見ながら、気が付くと龍一さんのことを考えていた。

(どうして想いを打ち明けたのに、心が晴れないままなんだろう?)

手を伸ばせば届く距離に龍一さんが居る。だというのに、彼とわたしの間には分厚い壁があるようなもどかしさを感じる。

わたし達の始まりは『普通』ではない。それを自覚しているから、他の人に相談することを躊躇《ためら》っていた。

(でも、もし昔みたいに……)

ふと脳裏を過ったのは突然自分を避けるようになった男の子達の顔。あの男の子達のように龍一さんに突き放されたらと想像すると、胸がズキリと痛む。

(龍一さんに避けられるのだけは嫌だな)

わたしが気付かないだけで、自分自身に何か欠陥があるのかもしれない。そう思うと尚更気分が落ち込む。

(何が駄目だったんだろう?)

どうして男の子達は突然わたしを避け始めたのか。

(気付かないうちに嫌なことしていたのかな?)

だとしたら申し訳なさが募る。どれだけ考えても正解の分からない問い。自分の粗探しをしていれば余計に悲観的になる。止めるべきだと思うのに、一人の時間が多いとどうしても考えごとばかりしてしまう。

わたしでは龍一さんと釣り合ってないことは分かっている。

(それに龍一さんは本当にわたしのこと、どう思っているの?)

だって彼には長年想い続けている女性がいるのだ。その女性のことは……まだ、怖くて聞くことができていない。

(分かってる。このままなし崩しのままじゃうまくいかないことくらい)

ちゃんと向き合わないといけないと分かっているのに。

(……こんな調子じゃ駄目だ。今は島田さんと佐々木さんも居るんだし、ちゃんと切り替えなきゃ)

どんよりとした気分の時にどれだけ考えても、良い考えは思い付かない。

いつまでも下を向いていても気分が暗くなるだけ。俯《うつむ》いていた視線を上げれば、佐々木さんは電話を切ろうとしていた。もうそろそろ島田さんだって戻ってくるだろう。けれど、その時。横に張り付いた灰色のワゴン車の存在に気付く。

不信感を抱いて視線をやれば、後部座席のドアが開いた。そこから出てきたのは黒いスーツとサングラスを掛けた男が二人。

「あっ」と思った時には遅かった。

彼らはわたしの手を引いて、そのまま車の中に押し込む。佐々木さんが「姐さん！」と叫び、わたしの元に向かおうとした。

それに気付いた男達は近付こうとした佐々木さんを蹴《け》ってから、数人がかりで殴り始める。

「やめて……！」

急に起きた出来事に思考が追い付かない。

強面な男がわたしの手を拘束し、目隠しをした。

そして一言「喋るな」と耳元で命令する。

短い言葉であるがドスのきいた声だった。躊躇《ためら》いなく佐々木さんを殴った男達だ。逆らえば、何をされるか分からない。わたしは身体を震わせながら頷くしかなかった。

(大丈夫。きっと龍一さんが来てくれる)

島田さんと佐々木さん以外にも、わたしの側には龍一さんが付けた監視者が常に居るはずだ。

その人達が動いてくれるだろう。佐々木さんもすぐに助け出される。そしてわたしのことも……

龍一さんなら絶対に助けてくれる。

だから大丈夫、と自分を鼓舞して、強張《こわば》った手のひらを握りしめる。

けれど、どんなに言い聞かせても、恐ろしいという感情は拭えない。ダラダラと冷や汗が背筋に流れ、身体が震える。

車の中に居る男の気配は二人。わたしの左隣に座る男と、車を運転する男。

彼らはわたしに情報を与えないためか、言葉を交わすことはなかった。


車が止まり、米俵を担ぐように運ばれる。

距離は長くはない。

一体どこに運ばれるのだと思いながら、周囲の様子を探ろうと神経を集中させる。

引き戸を開けた重い音と、靴を脱いだ様子から室内に入ったのだろう。その間もわたしは男に担がれたままの状態だった。

少し歩いたところで男は立ち止まって、わたしを運んでないもう一人の男が襖らしきものを開ける。乱雑にわたしを降ろしたかと思うと、一人分の足音が遠のいていった。

残った男は、芋虫みたいに転がったままのわたしに「動くなよ」と念を押した。

抵抗できない状態で逆らうのは得策ではないだろう。

なるべく刺激しないようにと縮こまりながらも、隙を窺《うかが》おうとする。

少しでも情報を集めようと耳を澄ませていると、ややあって廊下から二人分の足音が聞こえてきた。

一人はどっしりとした男の足音。そしてもう一人は軽やかな足音であった。

「ああ。この子がお兄様に取り入ったっていう阿婆擦れね」

甲高い声が頭上から降り注ぐ。女性は遠慮のない手つきで目隠しを取って、顔を近付けた。

「えー。こんな女よりあたしの方が美人じゃない？　もしかしたらお兄様は地味専なのかしら？だとしたら、あたしに振り向かないのは仕方ないことなのかもしれないわよね」

突然開けた視界。急に照明の灯りが見えたことで、視界がぼやける。眩しくて目を細めると、その顔には見覚えがあった。

（この人は……）

いつか見た龍一さんと一緒に歩いていた女性だ。赤い口紅を乗せた唇の端を歪ませて、ニンマリと嗜虐的に嗤う女からは、敵対心がありありと滲み出ている。

壁側にはずらりと黒いスーツを着た男達が正座をして控えている。

女の振る舞いから察するに恐らく目の前の女がわたしを誘拐するように命令したのだろう。

「全く……。お兄様はどうしてこんな女にご執心なのかしら？」

大袈裟に溜息を吐いて、長い黒髪をクルクルと指に巻き付ける。

その仕草はいやに子供っぽく、艶めいた美貌との間に違和感を抱せる。

「ねぇ。口は封じていないでしょう？　なら早く答えてくれない？」

「あの、お兄様って……？」

「まさかあなた……。あたしが誰かも知らないの」

わたしの問いかけは女の機嫌を損ねるものではなかったらしい。きょとんと目を丸くした後に、勝ち誇ったように笑った。

「ひどいわ。お兄様ったら。あなたのことを信用していないのね。良いわ。あたしは優しいから教えてあげる。あたしはね、御堂龍一――お兄様の従姉妹なの。小さい頃から別宅に住むお兄様が好きで、好きで……絶対に結婚しようと思っていたのに」

ほっそりとした白い手がわたしの顎を掴む。長い爪が肌に食い込み、顔を顰《しか》めると、女は愉快そうに力を込める。

「……っ」

「ああ、痛い？　ならもっと痛くしてあげようかしら」

女がチラリと男に目配せする。

男は頷き、懐から何かを取り出した。それは……銀色に妖しく輝く短刀だった。

鋭利な刃で頬をなぞられる。その刃が紅く染まるようなことがあったらと想像すると血の気が引く。

「あたしねあなたが気に入らないの。お兄様がどうしてこんなどこにでも居るような平凡な女を気に入ったのかちっとも分からない。けれど、その凡庸な顔を好んでいるのだとしたら、ズタズタに引き裂いてやりたい」

「……い、いや！」

蝶の翅をもぐ子供のように無邪気に笑う、目の前の女が恐ろしかった。逃げ出したいのに、後ろ手に拘束されていて、まともに動けない。不恰好に蠢いたことが気に障ったのだろう。形の良い眉を吊り上げて、女が男達にわたしを押さえるように命令した。

「あたしに歯向かうつもり？」

馬乗りになった彼女が脅すようにわたしの頬にヒタヒタと短刀を当てる。少し動けば肌を傷付けるだろうそれに声が引き攣る。

「や、やめて……」

「うふふ。あなた、怯えている顔は中々良いわね。だけどあなたはあたしのお兄様を奪ったんだもの。何か罰が必要だと思わない？」

舌なめずりした女はゆっくりと短刀を下に滑らせる。首筋の位置に短刀が当たると、命を握られている恐怖で背筋が震えた。

「ひっどい顔ー！　ねぇ、初対面の女に命を握られるのはどんな気分？　悔しい？　怖い？　ほら教えてよ！　あたし、あなたが嫌がることならなんだってしたいんだからさ」

ジワジワと涙が溜まっていく。だけどここで泣いては目の前の女に屈したことになる。それは嫌だと思った。だからグッと奥歯を噛み締めて、女を睨む。

「……こんなことして一体何になるんです？」

弱さを見せたところで、喜ぶだけだ。それが分かったから、精一杯虚勢を張る。まさか自分にこんな負けん気があるだなんて思いもしなかった。

正面切って買った喧嘩。状況は圧倒的に不利だ。けれどわたしが投げ掛けた質問は女の痛いところを突いたらしい。女は唇を戦慄《わなな》かせ、目を三角にして怒鳴る。

「なんにもならないことくらい、あたしが一番分かっているわ！」

金切声で叫ぶ。そして癇癪を起こしたように短刀を畳に投げ捨て、思い切り平手でぶたれる。

「……っ」

力加減なくぶたれたことで、口の中が切れたようだ。熱を伴ったジンジンとした痛みが頬に広がっていく。

鮮烈な痛みに呻きながら女を見ると、その瞳は轟々と憎悪の炎を宿していた。

「お兄様にはあなたしか見えてない。だからあたしが何をしたって振り向いてはくれない！」

どうにもならない憎しみをぶつけるかのように二度三度叩かれ、首に手を掛けられる。

ぶたれた反動で頭がクラクラして、視界が歪む。その上、首まで絞められて、苦しくて眦《まなじり》から涙が流れる。

「昔、あなたが怪我をしたお兄様を助けたから。黄色いハンカチなんか渡したから。そのせいでお兄様の『運命』があなたになってしまった」

勢い良く捲し立てられると同時に、絞められる力が強まる。

酸素を吸えなくてもがこうとしたけれど、男達に押さえつけられていてどうすることもできない。

「……ぅ……くっ」

「ずっとずっとお兄様があなたに執着していることを知っていた。だってあたしにとってはお兄様が『運命』の人だったから。どうしたらお兄様があたしを見てくれるか……それを考えて生きてきたのに！」

　ボタボタと涙を流した女が叫ぶ。

「あなたなんか大嫌い！　お兄様がここに来る前に消えてちょうだい」

荒ぶる感情のまま更に強く首を絞められた。視界がぼやけ、身体に力が入らなくなってきた。

まずい。もう限界だ。でもこのまま死にたくない。龍一さんにまた会いたい。

会って、この人ではなく、龍一さんの口から過去の話を聞いてみたい。

ちゃんと彼と向き合いたい。

本当にわたしが愛されていたのか。

彼が想っている相手が誰なのか。

ちゃんと真相が聞きたかった。

胸にあるのは後悔ばかり。だけど、もうそれは叶わない――そう諦めた時だ。

「ほのか！」

襖が勢い良く開く。現れたのは龍一さんとたくさんの彼の部下。

龍一さんはわたしを庇うように抱きしめ、女から引き離す。

急に酸素が入ってきた反動で咳き込むわたしの背中を龍一さんがさすってくれた。彼の温もりに安堵したその時。

「お兄様！　これは違うんです。あたしは、あたしは……！」

龍一さんの部下に羽交い締めされたまま、女が痛切に叫ぶ。青褪《あおざ》めた顔で必死に弁明しても、龍一さんの顔は険しくなる一方だ。その顔を見て絶望したのだろう。女は子供のように泣きじゃくって暴れる。

龍一さんはそれを冷めた目で見ていた。

煩わしそうな表情。もし自分が向けられたらと想像すると、他人事とは思えなかった。

(だってわたしはずっと龍一さんに捨てられることを恐れていたから)

もちろん、彼女がしたことは許せるものではない。

恐ろしいと思っているし、もう関わりたくない。

だけど、それほどまでに龍一さんを好きだったことは理解できる。

だから、龍一さんの服の裾を掴んだ。

「ほのか……？」

まだ咳き込んでいて、うまく喋れない。それでも、彼に伝えなければならないことがある。

「どうか……っ。許してあげて、ください」

好きな人に嫌われるのは何よりも辛いことだ。

だからわたしが許さない分、龍一さんは女のことを許してあげて欲しい。そんな願いを込めて、彼を見つめる。

絞り出した声はひどく掠れていて、訴えるにはあまりに不恰好だ。けれど龍一さんはしばらくして、口を開いた。

「……追って沙汰を伝える。それまでは閉じ込めておけ」

彼の命令に従った男達は彼女らを連れて部屋を出ていく。残ったのはわたしと龍一さんの二人。

彼はわたしの拘束具を解き、きつく抱きしめる。

「あまり心配させないでくれ……！」

わたしもそろりと抱きしめ返すと御堂さんの抱擁がきつくなった。

その時、彼の手が震えていることに気が付いたけれど、わたしは見なかったことにした。

「ごめんなさい」

「なんでほのかが謝る？　悪いのは俺だ。俺のせいでほのかを危険に晒してしまった」

頭上から後悔の言葉が聞こえる。

「すまない」

「龍一さん……」

「俺は結局ほのかを危険な目に遭わせてしまったな」

「でも龍一さんが助けに来てくれたお陰で、無事ですから」

「結果論だろう」

彼は今、自分を責めている。

龍一さんの名を呼ぶと、わたしの様子を窺《うかが》うようにして覗き込んだ。

わたしは彼の頬に手を伸ばし、顔を近付けた。

「ほのか？」

目を丸くする彼がなんだか可愛らしくて、普段よりも幼く見えた。

「好きです」

ゆっくりと唇が重ねる。

ほんの一瞬だけの口付け。子供のようなキスであったものの、なんて大胆なことをしてしまったのかと心臓が早鐘を打つ。けれど……

龍一さんはわたしの肩を掴み、もう一度唇を重ねた。

「足りない」

短い言葉に彼の切望が込められている。

何度も何度も角度を変えてキスを深める。啄《ついば》むようなキスをするうちに息が苦しくなって口を開けると、彼の舌がわたしの舌に吸い付いた。

「ん……ぁ」

わたし達しか居ない空間で口付け合う音が響く。

お互いの唾液を交わし、舌を絡めるうちに愛おしい気持ちがより膨れ上がる。

彼に縋り付く腕に力は入っていない。そして彼は痛いくらいにわたしを強く抱きしめた。

「愛している。苦しいくらいにお前を、お前だけをずっと愛している」

なんて熱烈な告白なんだろう。

応えたいと思うのに、長い口付けで乱れた息を正すのがやっとだ。

ぼんやりと彼の顔を見ると、龍一さんの唇にわたしの口紅が移っていて、扇情的に映る。

見惚れていたことに彼も気付いたのだろう。頭上から笑い声が響く。

すっかり緩まった空気。龍一さんは手を差し出して「マンションに戻ろう」と言ってくれた。


龍一さんの運転する車の助手席に乗り込む。車内は静かだった。

――彼に聞きたいことがいくつもあった。

彼の横顔を見ながら、タイミングを探っていると、龍一さんがおもむろに口を開いた。

「どうした。さっきからずっと思い詰めた顔をしている」

「龍一さん……」

「ん」

「わたし達が本当に出会ったのはいつですか？」

緊張から姿勢を正す。彼は答えてくれるだろうか。面倒だと思われないかと内心怖くもなった。

けれど。もう後悔したくなかった。疑念や想いを閉じ込めずに、彼と向き合おうと決意する。

「……あの女が何か喋ったか？」

「少しだけ。わたしがあなたに黄色いハンカチを渡したことがあると」

「そうか」

彼は嘆息した。横顔が少しだけ強張《こわば》っているように見える。

やがて苦々しい口調ながらも「マンションに着いてから話す」と約束してくれた。

マンションに到着後、龍一さんは下の事務所から持ってくるものがあると部屋を出た。

その間、リビングのソファーに座ったもののなんだか落ち着かなくて、龍一さんが入ってくるだろう扉を眺めていた。

龍一さんが戻ってきたのは五分くらいしてから。

彼は硬い表情をしたまま、ぎこちなく横に座った。

「あの、それは……?」

わたしが気になったのは彼が持っていたハンカチ。

彼はわたしにそのハンカチを差し出す。

「お前が俺に貸してくれたものだ」

ハンカチを広げてみる。淡い色をしたタオル生地のハンカチの角に刺繍で施されているのは、猫の顔とわたしの名前。

ローマ字で施されたその凹凸に手を当てる。これはかつて母がわたしに持たせてくれた物だ。

(お母さん)

懐かしくて鼻がツンと痛くなる。

母が元気な頃、よくわたしの持ち物に刺繍をしてくれた。

中でも一番大事なハンカチを昔、人にあげたことがある。

＊＊＊

母にリクエストした黒猫の刺繍。シンプルながら可愛いデザインが気に入って、日常的に使っていた。それを手放したのはわたしが十歳の頃だ。

学校から家に帰る途中。河原沿いを歩いていると男の人が倒れていた。

男性は顔が腫れ、風貌が分からない状態だった。

唇から滴り落ちる血が痛々しく、駆け寄って『大丈夫ですか』と声を掛けても、返答がない。だったら、近くを通り掛かる大人を呼ぼうかと辺りを見渡すと、その男性は『止めろ』と眼光を鋭くした。

『誰も呼ばない方が良いんですか？』

『ああ』

『救急車も？』

『……誰も呼ぶな。お前もあっちに行け』

倒れて歩けない様子なのに、救急車すら拒むのは、何か事情があるのだろうか。

あっちに行けと言われたものの、グッタリとした状態の男性を放っておくわけにはいかない。

（だけど、今は手当できる物は何もないし……）

財布には千円と少しばかりの小銭。母が入院したことで、お弁当代にと父に渡されているお金があった。

だからコンビニで消毒液と包帯を買って、そのついでに手洗い場でハンカチを濡らした。

わたしが男性の元に戻ると、彼は驚いた様子で息を浅く吐いた。

『なんで戻った？』

『え。だってこんなにひどい怪我をしている人を放っておけません』

『……お人好しな奴だ』

『あの。濡れたハンカチで血を拭っても良いですか？』

男性は迷いながらも『好きにしろ』と言った。

おずおずと彼の額に付いた血を拭き取ろうとすると、男性は小さく呻く。

『すみません。痛かったですか？』

できるだけ力を込めずに拭ったつもりだったけれど、それでも相当な痛みが走ったらしい。

しかし、男性は首を横に振り大丈夫だと言った。

怪我を負ってから時間が経っているのか、血の色は赤黒い。

かさぶたになっているところはとりあえず避けて、化膿しないようにハンカチで拭いていく。そして全体的に拭き終えた後に、消毒液をガーゼに付けて、ゆっくりと手当していく。

『ごめんなさい。痛いですか？』

『……っ、大丈夫だ』

顔を顰《しか》めつつも男性は痛みに耐えている。だから、なるべく痛くならないようにと注意して、わたしのできる限りではあるけれど、顔の手当を終わらせる。

だけど、それはあくまで顔だけだ。彼の身体も相当痛めつけられたようで、服の隙間からですら痣が見え隠れしている。

どうしたら良いんだろうと思って狼狽えていると、遠くから人を呼ぶ声が聞こえた。

その声に反応して彼の指先が僅かに動いた。

『……来たか』

『あの、大丈夫ですか？』

もしかしたら、彼を痛めつけた人物ではないのかと思って身体を硬くする。

けれど彼はそんなわたしを見て、不敵に笑った。

『ああ。大丈夫だ。あれは俺の知っているヤツの声だから』

ゆっくりと彼が立ち上がる。

そしてわたしの頭をくしゃりと撫で『ハンカチを汚してしまって悪かったな』と謝った。

わたしはそれに緩くかぶりを振って答えると、彼は少しだけ口角を上げた。

『いつか。これは必ず返す。それまで借りていても良いか？』

『はい。必ず返してくださいね。約束ですよ』

そう口にしたのは、夕日と共に彼の姿が消えそうで恐かったから。

＊＊＊

「……無事だったんですね」

十年越しに安堵する。もう会えないと諦めていた。

「……俺を覚えていたのか？」

勢いよく肩を掴まれる。その顔には歓喜と動揺が広がっていて、どちらに比重を置けば良いのかと困っているように見えた。

「あの時は顔が腫れていたので、どんな顔の人か分からなくて。でも『約束』したでしょう？」

「ああ。そうだ……」

「……ずっと持ってくれていたんですね」

わたしにとってそのハンカチは一番大切な物だった。

けれど彼にとってそれは、見ず知らずの子供に借りたハンカチでしかない。

便宜上『ハンカチを貸した』とは言ったものの、それはあの日の龍一さんが消えてしまいそうで心配だったから。

――だって人は簡単に死ぬ。

彼と出会ったのは母が重い病気に罹った頃だった。病院に出入りしていたわたしは、昨日話していた患者さんが突然亡くなったりすることを何度か経験していた。

いつかわたしの母もああなるのではないかという不安が付き纏い、人が死ぬことが恐ろしくて堪らなかった。

だからひどい怪我をした龍一さんを見て、放っておくことができなかった。

けれど、まさか十年前に貸したハンカチを未だに持っていてくれただなんて。

「当たり前だろう。これは俺の心の支えだった」

「本当に……？」

「お前と出会ったあの頃。俺は人生に絶望していたんだ」

幕間四　side龍一

幼い頃から俺の両親は不仲だった。

当時既に結婚していた父は正妻と別れることなく、母を妾として閉じ込めた。極道の妻としての役割は正妻に押し付けたらしい。

人としてなんて非道なことをしているのか。父は最後までその意味を分かっていなかった。

元々、母はどこにでも居る普通の大学生だったという。

しかし母は自分でも知らないうちに、五つ年上の父に一目惚れされ、拐かされた。

母は怯えた。泣いて嫌がる母を最初の頃は宥めようとしていた父だったが、一年が経つ頃には我慢することを放棄したらしい。

父は母の実家を燃やし、母の両親の命を奪った。

そしてその跡地を見せ付け「お前の帰る場所はもうないだろう?」と言い放ったという。

そこから母は父を憎むようになった。

殺意を胸に宿した母は、虎視眈々と父の命を狙っていた。

だが非力な一般人の女が、修羅の道を生きる男に敵うはずがない。

父に対する憎しみは日に日に濃くなる一方だというのに、ひたすら彼に蹂躙される日々を送る自分。心の底から怨む相手に好きなように嬲《なぶ》られ、ついには俺という存在を孕んでしまった。

それにより母の心はついに壊れた。

心が壊れた身重の母は次第に『龍一』という男を愛するようになった。

その名の人物に母は会ったことがない。たまたま電話口で父が溢《こぼ》した名前。通話が終わった後に、母がその名前を口にしたのに深い意図はなかった。

だけど、その名を口にした途端父が渋面を浮かべたものだから、効果的な嫌がらせとして次第に母はその名前を頻繁に呼ぶようになった。

しかし、そうしているうちに妄想と現実の境が分からなくなったらしい。妄想は辛い現実を忘れられる逃避となり、やがて母は自分の中に『龍一』という理想の人物を作り上げてしまったのだ。

それに取り憑かれた母は『龍一』を恋人だと思い込み、父をその恋人との仲を引き裂いた人物だと認識するようになった。

さらに驚くことに彼女は腹に居る子の名前を龍一にしたいと言い出したのだ。

当然、父は反対した。

だがこの時には、母は既に正気を失った状態だった……

母は『分かりました』と頷いたかと思うと、突然壁に頭を何度も打ちつけた。

『子の名前すら自由に付けさせて貰えないのなら、出産までになんとしても死んでやりますね』

取り押さえられた母はそう告げた。

そして父は母を失いたくなくて、苦渋の決断として、子の名前を『龍一』にすることを受け入れた。それにより、母の狂気が加速するとは思わずに。

一時《いっとき》の安寧を選択してしまったのだ。


時が進むに連れ、母は自身が夢想した『龍一』として振る舞うことを俺に強要するようになった。

『違うわ。龍一さんはそんなこと言わないもの』

『龍一さんは甘い物が嫌いなの。ねぇ、そうでしょう？』

『龍一さん。お願いだからわたしをずっと守って頂戴ね』

うっそりと笑って自分の理想を押し付ける母は異常だと思った。

彼女は少しでも俺が理想の『龍一』と違う言動をすると、ヒステリックに怒鳴り、叩いて、取り乱す。

しかし、俺を見る瞳の奥に嫌悪と畏怖の感情が見え隠れしていると気付いたのは俺が小学校にあがった頃だ。

どんどん父に似てきた俺に、母は強い癇癪を起こすようになった。

そんな母の姿を冷めた目で観察するようになったのはそれが日常的に行われていたからか。

『どうして、アナタは龍一さんに似ないの。なんであの男に似てくるのよ！』

俺と目を合わせるたびに八つ当たりする母にうんざりした。

その上、母は父が来訪する度に居もしない『龍一』に助けを乞うのだ。

『いやぁあ！　龍一さん、龍一さん。助けて、わたしをこの鬼から守って！　助けてちょうだい』

『どうして来てくれないの！　ずっと待っているのに……アナタだけを愛しているのに……！』

そんなことを父に言えば、機嫌が悪くなるだけなのに。

この日もそんな展開になるのだろうと思っていた。

だから部屋の角にひっそりと座り、適当なところで部屋を抜け出そうと思った。

しかし普段ならば、母の狂乱に顔を歪めて怒る父が、その日は静かに彼女の慟哭を聞いていた。

強い違和感を抱いた俺は、部屋を出るのを取り止めた。

やがて彼女の嵐が過ぎ去った時、父は唐突に母の首に手を掛けた。

母はもがくだろうと思っていた。

いつものように『龍一さん』とやらに助けを求めるのだろう、と。

なのに、彼女は嬉しそうに微笑んでいたのだ。

「や……と、おわ……る」

分からない。どうして生を終えようとしているのに、そんなに嬉しそうな顔をするのか……全くもって理解できない。

父の狂行を今すぐ止めるべきなのだろう。

なのに、俺は母があまりにも綺麗に笑ったのを見て、動くことができなかった。

父は懐に仕舞っていた銃を取り出して、俺に部屋から出ていけと命令した。

全てを諦めた虚無の瞳。それは死に取り憑かれた人間の闇を凝縮させたものである。

その壮絶な顔を見て何を言っても無駄だと悟り、彼の命令通り部屋を出た。

『やっぱり最後は二人きりが良いからな』

心の底から疲れ切った父の声が廊下まで響く。

ああ、そうか。自分はあの空間において最初から最後まで邪魔な存在なのだと思い知った瞬間。

銃声が聞こえた。

＊＊＊

両親が亡くなった後、俺は本宅に引き取られることはなかった。

父の死に動揺した正妻の精神が不安定になったからだ。

正妻は父を深く愛していた。けれど父は正妻を顧みることなく、ひたすら母への妄執を深め、ついに自身の命を絶った。

正妻は苛烈な性格をしているため、この状況で妾の子である俺と対面したら何を仕出かすか……ましてや俺の顔は父と瓜二つだ。妾の子とはいえ、正妻に子が居ない以上、祖父の跡目は俺が継ぐことになっている。その俺が死にでもしたら、組の中で跡目争いが起きるかもしれない。

そんな理由から俺は別宅で育てられた。

予想外の出来事が起きたのは俺が二十歳になった時だ。

組の幹部と顔を合わせるために俺はその日、本宅に出向いていた。その時、正妻が父にそっくりな俺の顔を見たのだろう。正妻に仕える男達が俺を拘束したのだ。

屋敷の奥にひっそりと佇む蔵はほとんど使われていないからか埃っぽく、乾燥した空気が緊張を木霊させる。

男達は椅子に縄で縛り付けた俺を殴り付けて甚振《いたぶ》った。

意識が飛ぶと水を俺の頭に掛けて、気絶することを阻んだ。

(くそったれ……！)

男達の顔は覚えた。

こんなことを仕出かしたのだ。絶対に報復してやると決意する。

正妻にもそれ相応の覚悟はしてもらう。

そう決意したその時。蔵の重たい扉が開く音が聞こえた。

反射的に目をやると黒い着物を身に付けた吊り目の女が歩いてきた。

会ったことのない女だが、状況から判断して件の正妻だろう。

女は俺を見てニヤリと口角を上げる。自分の立場が優位だと思っているから笑っているのだ。俺はそれが心底気に食わなかった。

『顔もそうだけれど、気の強いところもあの人そっくり』

白い頬を赤らめて女は俺を見やった。俺は『龍一さん』と俺を同一視していた母の姿を思い出す。

『その強い意思を宿した瞳。あの人そのものね』

恍惚の溜息を吐いて、紅いマニキュアを塗ったほっそりとした手で俺の頬を撫ぜる。

その手が煩わしくて「触るな」と言うと、なぜか女は喜んだ。

『こんな状況なのに、随分と強気なのね。外見も中身もあの人に似ているだなんて……ふふふ。良いわ。あなたすごく良い！』

まるで品評会に出された牛の気分だ。碌でもない賞賛に心が荒む。

俺は女に唾を吐いた。

『姐さんになんてことを……！』

いきり立った男達が俺に飛び掛かろうとした。それを制したのは女の拍手。こんなことをされて拍手だなんて頭がどうかしているとしか思えない。

『嗚呼、その侮蔑の視線。昔を思い出すよう……！　ねぇ、あなた。あたしの情夫にならない？』

『願い下げだ』

間髪を容れずにそう答えると、女は『そうよね』と呟く。

けれど、その表情は決して諦めていなかった。

『今日はそう思ったかもしれないけれど、明日になったら変わるかもしれないものね』

女は陰気臭く笑い、そして『また明日ここに来て頂戴』と告げた。

誰が行くものか、と思っていた。

しかし、翌日正妻が寄越した『迎え』が来た。

正妻の手駒は多く、対して俺の部下はまだこの時は片手で数えるほどしか居なかった。自分の住んでいる別宅には夜中だろうと構わずに正妻の手駒が押し掛け、居ないとなると俺がどこに居るか捜索し、必ず嗅ぎつけた。

そして蔵に俺を引き摺り込み、同じように殴られる。

『明日になったら気が変わるかもしれないから』

女は決まってそう言うと、するりと頬を撫でて、立ち去る。

そして残った男達により、気を失うほど痛めつけられて、放置される。そんな馬鹿みたいな日々を送って一週間が過ぎた頃。

正妻との面会を終えた俺は本宅を抜け出して、ふらりと外に出た。

目的地なんてものはない。

ただ、あんな腐った場所に居たくなかっただけ。

あてもなく彷徨い、やがて人通りが少ない河原を見つけ、ゴロリと寝転がる。

(静かだな……)

俺の周りに人は来ない。正確には通り掛かった人物は居たものの、俺の姿を見ると、途端に方向を変えて逃げ出していった。

当たり前だ。誰だっていかにもチンピラ崩れの男に声を掛けたくない。自ら面倒ごとに首を突っ込みたくなんかないのだ。

(誰も居ない方が清々する)

今はとにかく休んで体力を回復したい。

けれど、それでどうすると思う自分も居る。

いくら休んで体調を整えたところで、また俺は正妻の手先に拉致られ、痛め付けられる。それならば、休んだところで意味はあるのだろうか。

（……は。随分と弱気になっているな）

乾いた嗤いがこぼれる。

蛇のようにしつこい女に纏わりつかれ、気付かないうちに心が疲れているのか。

（だが、俺の答えは変わらない）

あんな女の情夫だなんてごめんだ。

ましてアレは父の正妻だ。

いかに俺が父と似ていようとそんな相手を情夫に誘うだなんて、あの女は正気ではない。さすがは遠縁ながら『御堂』の血を引いているだけある。

（御堂の血を引く者は一人の異性に執着する、か）

なんと厄介なものなのだろう。

そんな血が自分にも流れているだなんてゾッとする。

父も母も正妻も皆が皆『愛』によって狂っていった。

一族の者を見ても、ほとんどの者が幸せになっていない。

過ぎた愛は人を苦しめる――愛は決して免罪符になり得ないのだ。

（いつか俺も狂うのか……？）

たった一人に執着して、その者を不幸に堕とす。

そんな存在に成り下がってしまうのだろうか。

（……嫌だ）

『愛』に狂った者たちに散々振り回されて生きてきた。だから自分だけは、そんな妄執に狂いたくなかった。

（いっそのこと、今死んでおくべきか？）

御堂の者は例外なくたった一人を追い求める。

ならば、その人物に出会っていない今のうちに自ら命を断とうか。そう思うくらいには心も身体も疲れていた。

どうせ碌な人生ではなかったのだ。

これから先も明るくなるとは思えない。

だったら自分の死期を少しくらい早めたとて良いんじゃないか。

自棄になって、そう考えていた。だがその考えを蹴散《けち》らそうとするかのように、頭上から少女の声が聞こえた。

『大丈夫ですか？』

心配そうな気の弱い声。

けれど、大人だって避けていた自分に声を掛けるのかと驚く。

あからさまに面倒そうな男に声を掛けるだなんてどれだけ警戒心がないのか。最後に残ったなけなしの良心でこんな男に関わらないように忠告する。

遠ざかる少女の足音に安堵しつつも、後ろ髪を引かれる思いもあった……この気持ちはなんだ？

釈然としない気持ちを考えていると、また足音が聞こえてきた。

迷いのないその足音は、真っ直ぐに自分のもとにやってくる。

(まさか戻ってきたのか?)

信じられないと思った。

一度俺が拒絶して、少女は去った。だからもう戻らないと思っていたのに。彼女は『コンビニで買ってきました』と言って消毒液やら包帯やらを取り出す。

彼女はまだランドセルを担いだ子供だ。その年頃であれば、貴重な小遣いのはずだ。

それなのに、こんな得体の知れない男のためにそれを使ったのか……

ドクドクと鼓動が荒れ狂う。

まるで雷に打たれたような衝撃が体中を駆け巡る。

顔の手当が終わると少女の温かな手が離れていく。

少女はチラチラと俺の痣だらけになった手足を見やるものの、どう手当をすれば良いのか分からなくて困っている様子だった。

もう十分だと礼を言って、この感情が大きくならないうちに離れようと思った。そう思った時、遠くから聞き覚えのある声が聞こえた。

野太い男の声に応えようとようやっと立ち上がる。

そして最後に少女の頭を撫で、ハンカチを俺の血で汚したことを謝った。

『いつか。これは必ず返す。それまで借りていても良いか?』

『はい、必ず返してくださいね。約束ですよ』

黄昏時の約束に彼女は微笑む。

その笑みは陽だまりのように暖かだった。

俺は命と共に心までもほのかに救われたのだ。


ほのかと出会うまでの俺はずっと誰かの代替品だったのではないだろうか。

母からは『龍一さん』として。正妻からは『父』として。

『俺自身』を求められることはなかった。

そんな人生に疲れ果てて、何もかも投げ出したくなった時にほのかの優しさに触れた。

俺は社会のゴミとして誰からも避けられていたのに、彼女だけが救ってくれた……

あの優しさがあったから俺は生きることができた。

彼女の救いがあったから俺は正妻を始末し、成り上がることを決意したのだ。

だっていつか彼女が困った時がきたら、その時は俺が助けたかったから。

けれど愚かにも一度でいいから彼女に名前を呼ばれたいと願ってしまった。

誰でもないほのかが『龍一』と呼んでくれたなら。代替品であった俺の人生にも意味があったのではないかと思えるから。

「ずっと長い間。ほのかが好きだった」

「龍一さん……」

彼が想っていた女性。それが自分だっただなんて。

「お前の父が連帯保証人になったことは知っていた。けれど、俺はそれを知った時も、うまくすれば十年越しにお前に会う口実になると思い、何もしなかった……もし対処していたら、あんな結果にならなかったのかもしれない」

「……龍一さん。それは違います」

「何が違う。最初から俺が助けてやれば、お前の父親は死ななかったじゃないか」

彼の顔色は可哀想なくらいに青褪《あおざ》めていて、自らを告発した唇は震えていた。

「確かに父は過労で倒れて亡くなりました。けれどそれは、龍一さんのせいではありません」

「だが……」

「何もしなかったというなら、わたしだって同じです。わたしは父に借金があることを知らずにのうのうと生活して……結果。父が亡くなってからようやく、その事実を知りました」

苦い思いが胸を駆け巡る。父が生きていたあの頃、もっと頻繁に連絡を取り合っていたら、異変に気付けたのかもしれない。

「お父さんは元気だから」という言葉を鵜呑みにしていないで会いに行っていたら、瘦せた父の姿に違和感を抱いたはずだった。

それをしないで、彼を責めるのはお門違いだ。父に対して罪悪感を抱くのはわたしだけでいい。

「ねぇ、龍一さん」

「……ん？」

「わたしの思い違いであれば、先に謝ります。だけど、龍一さんはもしかしてわたしと離れるつもりではありませんか？」

「……そうだ」

俯《うつむ》いたまま彼はぽつりと呟く。

こちらを見ようとしない龍一さんの姿は、彼に切り捨てられることを恐れていた少し前の自分を彷彿とさせた。だから安心させようとニコリと微笑む。

「好き、だと言ったことをもう忘れたんですか」

「だが、お前はあの時……何も知らなかっただろう？」

「龍一さんはどうして今、わたしに真実を告げようと思ったんです？」

「ずっと秘めておけば、俺の醜い妄執をほのかに知られずに済む。だから隠そうと思っていたが……」

緊張しているからか彼の声は硬い。

それは決死の思いで語っている証拠だ。

だから彼の沈黙が明けるのを待った。じっと龍一さんを見つめると彼は根負けだといわんばかりに溜息を吐き出した
「御堂家の業は深い。愛する者を苦しめてでも自分の傍に置こうとする。俺はそのことを十分に知っている。だというのに、お前に嫌われたくなくて隠そうとしてきた。その誠意のなさが生んだ結果が今日のアレだ」

「……たとえ真実を知って、わたしがあなたと離れることを選んだとしてもですか？」

「……ああ」

彼の声は無理矢理絞り出したかのように痛切な響きがあった。

それを聞いてようやく彼もわたしと同じことを悩んでいたのだと知った。

（ああ、そうか。龍一さんも自分の感情をわたしに知られるのが怖かったんだ）

誰だって好きになった人には良いところを見せたい。

好ましいと思われたい。

なのに、彼はわたしに全てを曝け出した。

醜く、格好悪いと思っていることさえ、わたしに見せたのだ。

「龍一さん」

衝動のまま、彼の胸に飛び込む。

愛しいという気持ちが溢れる。

驚いた彼が顔を上げた。

「わたしはあなたから離れません。龍一さんがわたしを嫌だと言っても離しませんよ」

「……良いのか。俺がお前を逃がしてやれるのはこれっきりだ。次の機会なんて、きっとない」

「わたしがあなたから離れたくないんです。その気持ちをどうか受け止めてくれませんか？」

素直に想いを伝えることに慣れていなくて、頬を赤らめる。

我ながら様になってないな。

だけど、もう自分の気持ちを隠すのは止めたいと思ったから。

格好悪くても曝け出そうと決めたのだ。

「ほのか……！」

「龍一さん、好きです。愛しています。愛していますよ」

「俺も、お前を愛している。愛している。愛してしまった……」

どちらからともなく抱きしめ合って、キスをする。狂おしいほどの想いを愛の言葉に変えて、彼の胸に顔を埋《うず》める。

「龍一さん」

「ん？」

「したい、と言ったらどうします？」

夜の誘いを口にするのは、やはり照れくさい。

きっと今のわたしは耳まで赤くなっているだろう。

「そんなもん喜ぶに決まっている」

今までだったら絶対に言われなかっただろう直接的な表現。龍一さんは勢いよくわたしを横に抱くと、寝室まで運んだ。そして壊れ物を扱うように慎重にベッドに降ろし、そのまま押し倒した。

「抱くぞ」

彼の言葉に頷けば、どちらともなく唇を重ね合う。

「……んっ……ふ」

啄《ついば》むだけの短いキスではあるものの、慣れない口付けを何度もすると息苦しさに頭がクラクラする。

「ああ、ほのか。可愛い。好きだ、ほのかが好きだ！」

「わたしも、龍一さんが好きです……！」

息を整えながら、わたしも想いを口にすれば、彼は感極まったようにきつく抱きしめた。

厚い胸板に顔を擦り寄せる。そしてわたしも彼の背に腕を廻して、抱きしめ合う。厚い彼の胸板に顔を擦り寄せて甘えた。わたしだけだ。わたしだけが、彼に触れる権利があるのだと思うと喜びに顔が綻ぶ。

「……ほのかが臆面もなく俺に好きだと言ってくれるなんて夢みたいだ」

ポツリと彼が呟く。

「夢じゃありません。というより、夢だったらわたしが泣きます、だってこんなにも勇気を出したんですよ？」

「いや、その時は俺が泣く」

軽口を言い合って、二人で笑う。

そしてキスをしながら、お互いの服を脱がせ合う。時折彼の手がいやらしく身体に触れるものだから、熱い吐息が口からもれ出た。

「ん、龍一さん。すきです……」

自分から啄《ついば》むキスを仕掛けて、短く彼に告白する。どれだけ伝えても、キスをしても、足りないと思ってしまう。

「……ああ、ほのか。俺も好きだ。愛している」

角度を変えて、粘膜を押し付ける。

濡れた音が部屋に響いて、鼓膜に届く。

「ふ……ぁ」

とろりと視界が熱で潤む。

どちらともつかない唾液が龍一さんの唇を艶やかに彩って、それを舌で舐めてみると、彼が今日いるようにキスを深めていく。

(キスってこんなに気持ち良いんだ……!)

唇を合わせるだけの行為。それが好きな人としているのだと思うと、嬉しくて堪らない。

もうどちらも服を着ていない状態だというのに、唇を求め合う。

ぬるりと彼の舌が口の中に入ってくる。生き物のような温かな舌がざらりとわたしの舌を撫でては擽《くすぐ》る。

　恐る恐るわたしも彼の舌に絡めてみると、龍一さんは驚いたようにして一瞬だけ動きを止める。

けれどそれは束の間のこと。すぐに彼は主導権を自分に塗り替え、翻弄していく。

「ん……は……ぁ」

　飲み込めなかった唾液が顎を伝って零れ落ちる。キスが終わった頃には身体が弛緩して、ぼんやりと龍一さんを見つめることしかできない。

　興奮で汗ばんだ肌に彼が口付ける。身体中にキスの雨を降らせて、時折音を立てて吸い付く。

「んっ……ぁ」

　身体をくねらせれば、太ももを円を描くように擽《くすぐ》っていた彼の手が陰核へと触れる。

「凄いな。もう濡れているのか」

「だって……」

　クチュクチュと音を立てて、摘まれる。

「は……ぁ、んん」

　その強烈な悦楽に背中がジンと震える。濡れそぼった秘部から聞こえる音が、わたしの羞恥を高めて煽る。

「指で転がされるのが好きだったな」

　わざとらしく言葉に出され、親指の腹で陰核を嬲《なぶ》られると、お尻からシーツにポタポタと愛液が垂れていく。

「あ、あぁ……」

下腹部がこの先の快楽を期待してきゅんと疼いたのが分かった。

期待に満ちた目で彼を見上げると、龍一さんは意地悪く笑った。

「今日のほのかはなんだか敏感だな」

いつも以上に感じているのを知られると恥ずかしくて堪らない。もぞりと足を閉じようとすると、彼は陰核を摘んで、指で扱《しご》く。

「ひ、ああっ……！」

強烈な刺激に喉を仰け反らせて喘ぐ。声を気にする余裕もないまま、快楽に追い詰められ、背筋に熱い奔流が駆け抜けていく。

(きもちいい)

頭の中は快楽に占められ、ガクガクと腰が揺れていく。

「あっ、ああっ！」

悲鳴に近い絶叫をあげて、身悶える。バチバチと快楽の火花が弾けて、目の前が真っ白になる。

「イッたか」

はふはふと息を荒げ、絶頂に達した身体を戦慄《わなな》かせていると、ナカにツプリと指が沈んでいく。

「ん、あぁ……」

イッたばかりの身体は敏感で、くちくちと浅い場所を音を立てて突かれるごとに、甘い声がもれていく。

あともうちょっとで龍一さんのモノが挿入るのだと思うと、興奮で喉が鳴る。

「ひ……んんっ」

一本、二本と指を増やされるごとに悦楽への期待が高まって、早く欲しいのだと腰が揺れる。

「りゅういちさん」

視界に映る龍一さんの反り勃った屹立。

これ以上慣らさなくても良いから、焦らさないで欲しい。

龍一さんによって覚えさせられた快楽。それを求めて、逞しい彼の背に縋った。

「はやく、ほしいの」

舌足らずに誘うと、彼は、素早くゴムをつけて限界まで膨らんだ屹立を一気に突き入れる。

待ち望んでいた快楽がようやく与えられたことで嬉しさが込み上がる。彼の動きに合わせて腰を動かしては、迎え入れたナカが収縮して悦ぶ。

「すき、りゅういちさんが、っ……すきっ」

「俺も。ほのかを愛している」

心も身体も曝け出して、お互いにキスをする。何度しても足りない。何度も彼を求めたい。そう思いながら、彼の腰に足を巻き付かせた。

「あぁ……あ、んっ」

「ほのか……！」

浅く息を吐いた彼も限界が近いようで。

互いに汗だくになりながら、もっと繋がろうと深い口付けで交わった。

舌を絡ませながら、何度も彼の名前を呼べば、彼の屹立が一際大きく膨らんだ気がした。奥にあるざらりとした弱い部分。そこを突かれるともう限界だった。

「りゅ、いち」

余裕なく呼び捨てると子宮の入り口に太い肉の杭が当たって、最奥まで押し付けられる。

「ああっ……。ん、ん……！」

限界を迎えたのは二人同時。

互いに揃っての絶頂。熱い白濁液が勢い良く奔流し、吐き出される。その快楽の余韻に浸りながら、繋がったまま抱きしめ合う。

たった一度。それも性急に求めての情交。想いが通じたセックスがこんなにも満たされるものだなんて知らなかった。心も繋がったからこそ得られた充足感が言葉として溢れ出る。

「龍一さん、愛しています……」

その告白に彼はくしゃりと顔を歪め、泣いたようにして笑った。

＊＊＊

今後の生活について龍一さんに話しておかないといけないことがたくさんある。

その中でもこれだけは言っておきたい。

「はぁ？　俺との契約を破棄したいだと」

朝食が終わり、食後のコーヒーを飲む。そのタイミングで告げた言葉に彼はきつく眉根を寄せた。

思ったよりも大きな反発だなと思ったけれど、自分の考えを曲げる気はなかった。

「昨日の今日で一体どういうつもりだ？　それとも昨夜俺と離れないと言ったのは戯言だったのか？」

「違います。それは本心です。だけど、その……」

「なんだ。はっきり言え」

「わたしは龍一さんの『情人』じゃなくて『恋人』になりたいんです！」

思い切ってそう告げると、彼は目を瞬かせて驚き、まじまじとわたしを見つめた。

「龍一さんに借りたお金は働いて、一生掛けてでも返します。けれど、もうお金で縛られた状態で龍一さんに抱かれたくない。だってそんなのは『恋人』なら不自然でしょう？　好きだからこそ、この関係を改めたいと思っているんです」

「俺はもうお前に借金を背負わせるつもりはない」

「だけど、わたしは借金を返済し終えていないじゃないですか」

じっとりと彼を見つめると、龍一さんにしては珍しく「それはそうなんだが」とまごついた。

彼が動揺している今なら、わたしの意見が通るのではないかと思って、言葉を重ねる。

「わたしは龍一さんと対等な関係になりたいんです」

「対等？」

「はい。だって『恋人』にお金を借りて、結局踏み倒すだなんてよくないです。それじゃあ、ずっと龍一さんにおんぶに抱っこの状態じゃないですか」

「俺はそれで良い」

「わたしは良くないです。ちゃんと自立して、あなたの隣に立ちたい」

ポツリと呟く。

このままお金を返さなかったら、一生彼に対して負い目を感じるだろう。そうなったら、きっとわたしの性格上、暗いことばかり考える。それでは駄目だ。

だからこそ自分の力で返済を終えて、龍一さんの横に堂々と立ちたかった。

視線をそらさずに彼を見ると、諦めたように溜息を吐く。

そして、そこから数日に渡る話し合いの末、落とし所が決まった。

借金はどれだけ掛かろうと必ず返す。

ただし、金額は最初の闇金業者に借りた時に付けられた法外な利子を除いた残高。その額は数百万。

それを無利子で龍一さんから借りることになった。

法外な利子は困るものの、無利子も龍一さんとの関係に甘えているみたいで抵抗がある。

けれど、龍一さんはわたしが借金を返済しようとすること自体が不服だったみたいだ。そのことで何度も険悪な空気になりはした。

だけど、どうすることがわたし達にとって最善なのか、自分の考えを溜め込まないように話し合った。
そうすることで、わたし達は新しい関係を築き上げようとしている。
借金はわたしがコツコツと働けば、いつか返せるだろう。
その間に、もしかしたらまた解決しなければならない問題が起きるかもしれない。
けれど、もうすれ違うことがないように、手を取り合おうと決めたから。
後ろ向きだった自分とさよならをして、わたしは前を向いて生きていく。

番外編　バッドエンドif

情人になってから三ヶ月が過ぎても、彼との関係はビジネスライクそのもので、抱かれる時以外ほとんど会話もなかった。

御堂さんの情人になった時に、御堂さんが身体だけの関係を望んでいたのもあって、わたしから必要以上の会話をしないようにしていたし、彼自身もそこまで会話を振ってくるようなことはない。ただ抱かれるだけの関係。

御堂さんが最初の頃に求めていた関係のまま、わたし達は繋がっている。

借金さえなくなれば、彼との縁は切れるのだろう。

けれど、肝心の借金は未だ返済の目処が立っていない。それどころかジワジワと増え始めている。

最初に抱えていた借金の額が多過ぎて、利息すら返すのが困難だからだ。

(これじゃあ、ずっと返せない)

借金を返すために情人になったのに、返せる見込みがないことに焦っていた。

膨れ上がった借金をどうにかできないか。最近はそればかり考えている。

(心苦しいけど御堂さんに利率を下げられないか相談して、その上で昼間も働いていた方が良いんじゃないの……？）

そう考えてここ数日。時間が空いている時にスマホで求人サイトを眺めていた。

御堂さんに抱かれるのは基本的に夜だ。

なら日中の時間を活用できれば、少しは足しになるのかもしれない。

焼石に水とはいえ、やらないよりはマシだろう。

（候補も絞れてきたし、今夜御堂さんが帰ってきたら、話してみよう）


リビングのソファーで彼の帰りを待つ。

もう次の日に変わろうとしている時間。その時間に彼が帰ってくることが多い。

（ああ、緊張する）

迫力のある彼に自分から話し掛けるのは中々に勇気がいる。

（普段話していたら、別なのかもしれないけど……）

でも彼が望んだのはビジネスライクな関係。

必要以上にわたしから話し掛けても鬱陶しいだけだろう。

そわそわとして落ちつかない気分を誤魔化すために、もう一度求人サイトを見る。

見つけた候補はブックマークしておいたから、すぐに提示することができる。

（最初に約束した外に出ない条件として、在宅で時間の融通がきく仕事も見つけたし……）

利息の交渉は難しいかもしれないけれど、昼間の仕事くらいは許してくれるかな？

そっけない彼の様子からして、在宅であればそこまで反対されることはないはずだ。とりあえず、利息と仕事どちらから話すのが良いのだろうと脳内でシミュレーションしていると、リビングのドアが開いた。

「あ、おかえりなさい」

「ああ」

立ち上がって挨拶したものの、そっけなく返されるのはいつものことだ。

普段であれば、御堂さんがシャワーを浴びてから、そのまま抱かれる。

そうなる前に、会話を切り出す必要があった。

「あの、御堂さん」

「なんだ？」

わたしに話し掛けられると思っていなかったのだろう。

器用に片眉を上げて、わたしを見下ろした。

切れ長の瞳に見つめられると、たじろぎそうになるのを必死で堪える。

ドキドキと心臓が早鐘を打っているのを自覚しながら、なんとか声を絞り出す。

「借金のことで相談が……」

小さな声になってしまったけれど、御堂さんの耳に届いたらしい。

彼はダイニングのイスに腰を下ろすと、わたしに隣へ座るように言った。

促されるまま彼の横に座ると、厳しい視線が降り注ぐ。

「それで、何を相談したいって？」

低い声音で尋ねられるとそれだけで心が萎縮《いしゅく》しそうになる。

でも今更言ったことは取り消せないと自分を鼓舞して、口を開く。シミュレーション通り、まずは昼間に働くことを伝えて、お金を返す意思を示した上で、利子の相談をしようと思った。

「御堂さんの情人になって三ヶ月が経ちましたが、利息の額が減っていませんよね？」

「ああ、そうだな」

「額も額ですし、このままじゃ御堂さんに借金を返せないままだと思うんです」

膝に置いた拳を握って、言葉を続ける。

「だから、少しでも借金を減らすために昼間の空いている時間を使って在宅の仕事をするのはどうかと……」

そろりと御堂さんの反応を窺《うかが》うために視線を上げると、彼の眼差しが氷のように冷ややかなものに変わっていた。何か間違えてしまったのだ。そう思っても、もう遅い。彼は口の端を歪ませて、嗤っている。

「もっと効率の良い返済の仕方があるだろう？」

酷薄な笑みを向けられて、背筋がぞくりと粟立つ。

「抱かれ慣れていないだろうから、と遠慮したのが間違いだったか？」

そろりと彼の不埒な手が太ももをいやらしく撫でる。

その意図が明確に伝わって、身構える。

「御堂、さん……」

「ああ、そんなに身体を硬くするな。まるで俺が虐めているみたいじゃないか」

間近で見る御堂さんの瞳が嗜虐的に光って、情事の気配を濃密にさせた。

「望み通り抱いてやる。それで金を返せば良い」

＊＊＊

あの提案をしてから、御堂さんに抱かれる回数が格段に増えた。

とくに彼の休みの日になると日中夜関係なく身体を繋げられる。

（確かに返せるお金は増えたけれど……）

体力的にも精神的にもきついものがある。

それに……彼の束縛が目に見えて分かりやすくなっている。

部屋にはこれみよがしに何台もの監視カメラが付けられて、わたしの行動を見張っている。プライバシーも何もない生活に心も疲弊して、息が詰まりそうだった。

猛烈に誰かと話したくて、友達に電話を掛ける。

遊びには行けなくても、誰かと話すくらいの自由は許されているだろう。

そう思って、気晴らしのために高校時代の友達と電話をした。

しかし、その夜。帰ってきた御堂さんはひどく不機嫌な顔で、わたしに誰と電話をしていたのか聞き出した。

怒っている御堂さんに驚いたのは一瞬。すぐに、反発する感情が湧きあがった。

「そこまでわたしの行動を監視したいんですか。カメラの記録を見ればいいじゃないですか」

普段だったら、ここまで強気な態度をとれなかっただろう。

けれど、終わりの見えない返済に心が荒んで、なるようになれと半ばヤケになっていた。

「ところどころ聞こえていない部分があった。その中で、電話相手と逃亡手段について話していたら、厄介だ」

その一言に感情を爆発させる。

「逃げられるなら、とっくに逃げています！」

自由がないまま、抱かれるだけの生活に心は限界まで擦り切れていた。それでも頑張ってきたのに、逃亡を疑われるなんて、ひどい侮辱だった。

「でも逃げ出していませんし、ちゃんと御堂さんの言うことを聞いてきたつもりです。それでもまだ信じられませんか？」

真っ直ぐに彼を見つめ返すと、珍しく彼がたじろいだ。

けれど、その動揺も一瞬のこと。すぐに彼の表情は隙のないものに戻る。

「信用なんかできるものか」

低く唸るような声。それでも引く気はなかった。

「でしたら、わたしじゃなく信用できる人を情人にしてはどうです？」

「……ふざけるな」

彼の短い言葉は特別声を張り上げたものではないのに、二人きりの空間によく響いた。

「最初に取り決めたはずだ。たとえ心がなくとも、身体だけであろうとも、借金を返すまでは俺の情人になる。そう契約しただろう？」

ゆっくりと彼が言葉を紡ぐ。怒鳴られているわけでも罵られているわけでもない。

なのになぜだろう？　獰猛な獣と対峙したような恐ろしさが目の前にあった。

「俺から逃げようなんて甘いことを思えないくらいに徹底的に自由を奪ってやろうか？」

彼の手がわたしに向かう直前。本能が身の危険を叫ぶ。

このままここに居てはいけない。逃げなければ……！

近付く彼の手を振り払って、リビングの扉へと走る。唯一の出口であるそこに希望を見出《みいだ》した。

だけど、その逃亡はあっけなく潰《つい》える。ドアノブに触れたところで、彼の腕に捕まってしまったからだ。捕えられたわたしの背中に、冷や汗がダラダラと流れる。

「どこに行く？」

そんなのわたしだって分からなかった。今の逃亡は計画性のない衝動的なもの。わたしに行き場がないのは、彼が一番分かっているはずだ。

「どこにも……」

絞り出すようにして答える。

「だが、俺から逃げようとしただろう？」

背後からガブリとうなじを噛まれる。

その痛みに短い悲鳴をあげれば、噛まれた場所を彼の舌が何度も這い、吸い付く。

「ひ……ぐ……っ」

色気のない呻き。彼の唇が首筋に当たるたびにまた噛まれるのではないのかという恐怖に、身体を竦ませる。

「お前が誰のものであるのか教えてやる」

わたしの着ていた服を剥ぎ取るように脱がせる。あっという間に下着だけになったかと思うと、ブラのホックを片手で外され、そのまま胸を背後から揉まれる。

性急に快楽を押し付けられるような行為から逃げようとすれば、両方の乳首を軽く摘まれた。

「……い……ぁ」

最初の頃であったら痛みしか感じられなかっただろう。けれどこの三ヶ月ちょっとの間。毎晩のように抱かれたことで、その強い刺激ですら気持ち良いと感じてしまうようになっていた。

（やだ……）

自分の知らないうちに御堂さんの手で、わたしの身体が作り替えられている。その事実に動揺して、彼の手を捕まえて行為を止めさせようと訴える。

「御堂さん……」

このままではまた自分の身体が彼の手によって作り替えられていく。

そうなったら、たとえ借金を返済し終わった後でも、自分から御堂さんを求めてしまうのではないか？　快楽を持て余した自分の姿を想像して、肌が粟立った。

「いや。今日は止めてください」

自分に止める権限はない。それを理解しながらも彼の温情に縋る。

「駄目だ。俺を拒絶することは許さない」

その言葉通り彼の手はわたしの胸を弄《いじ》った。

服の下で御堂さんの指が好きに蠢くたびに、吐息が湿り気を帯びていく。

「や……ぁ」

この行為を受け入れるつもりはなかった。それなのに、快楽を教え込まれた身体がわたしの意思を裏切って、気持ち良さに流されようとしている。

「これだけで感じているのか？」

違う、と首を横に振っても、ただの強がりであることは明白だった。口から声がもれないように下唇を噛むと、その抵抗は無意味だとばかりにショーツを剥ぎ取られる。

「やっぱり。もう濡れている」

彼の指が往復するたびに淫らな水の音が部屋に響く。

それを聞かせるようにして、一番感じる場所を指先で押し転がされる。

「ん……んんっ」

「ほら。認めろ。感じてる、って」

目先の快楽に屈服したくない。その気持ちで耐えようとした。けれど、そうすると彼がより一層激しく責め立ててくる。

親指と人差し指が陰核を摘んで、扱く。苛烈過ぎる刺激に太ももから力が抜けて、自ら足を広げてしまう。

「ひ……ん、ぁ……ッ」

一度瓦解するともう駄目だった。口から溢れ出る意味のない嬌声。嫌だと思っても、身をくねらせて快楽に喘ぐ。

「あ、んん……や、あ」

彼の指が動くたびにグチュグチュと淫らな蜜が増えていく。

「……は。凄い。無理矢理抱かれようとしているのに興奮しているのか？　今までで一番感じている」

「ちが……ぁ」

「認めろ。自分が淫乱であると。でなければ、どうして好きでもない男に触られて感じているんだ？」

耳元に息を吹き掛けられて、そのまま舌が耳朶《じだ》を舐っては、甘噛みされる。ビクリと大袈裟に身体を戦慄かせると、その反動で陰核を弄っていた彼の指に自分から押し付ける格好になってしまった。

「軽く噛まれるのに弱いな」

慌てて体勢を整えようとも、腰に廻された彼の腕が逃げを阻む。

「ん、やぁ、ああっ」

強過ぎる快楽に目の前にチカチカと閃光が走る。

その快楽から逃れようとすれば、彼の指が陰核を弾いた。

「ひ、ぁ……ん、く……ッ」

限界まで感じていたその場所を責められて、喉を仰け反らせてイく。

達したのだと理解する前に、立ったまま後ろから怒張に貫かれる。

指でナカを慣らされることもなかったのに、潤沢に濡れたソコはむしろ嬉しそうに彼のモノを締め付けた。

御堂さんの思うがままに腰を打ち付けられているのに、手足の先にまで快楽の電流が流れ、すっかり脱力した身体は彼に支えられるがまま、快楽を悦ぶ。

「こんなに快楽に弱いくせに」

お腹の奥にあるざらりとした場所に彼の切先をグリグリと押し付ける。

「ひ、んんっ……あ……っ」

「認めろ。気持ち良い、って」

もう彼の言葉を聞く余裕もない。快楽の熱に浮かされ、蜜が太ももに滴り落ちる。

下腹を一段強く怒張で叩き付けられると、またすぐにイってしまう。

「あっ……ああっ！」

深い絶頂に叫びながら腰を跳ねさせると、彼のモノも膨れ上がって、熱が体内に弾ける。

しかし、御堂さんはわたしを振り向かせると、いつの間にか勃ち上がった屹立で再び責め立てた。

「え……ゃ、んんっ」

混乱するわたしを抱きかかえての律動。この行為を同意しているわけでもないのに、落下するかもしれない恐怖から、とっさに彼の首へ縋った。

そして、激しく上下に揺さぶられながら、熱い奔流に呑まれていった。

＊＊＊

(借金を返し終わったら、本当にわたしは自由になれるの？)

そんな疑念が日を追うごとに強くなる。

御堂さんはわたしからスマホを取り上げ、彼が帰ってきた後に、その日わたしがなにをしていたのか聞き出すようになった。

(どうせ監視カメラで見ているはずなのに、こんなことなんの意味があるんだろう？)

一週間もする頃には鬱屈した思いが爆発して「言いたくない」と彼に反発した。

そうすると御堂さんはわたしを拘束して、卑猥な玩具を使う。

無機質な快楽に責め立てられるのが苦しくて、泣きながら「止めてください」と何度も訴えると、ローターとバイブのスイッチをランダムに入れられたまま、その日の行動を報告し終えるまで責められた。

（あんなのもう嫌）

ビジネスライクな関係だと言っていた。なのに、どうしてこんな責め方をされなきゃいけないんだろう。

心も身体もとっくに限界だった。

気絶するまで彼に抱かれる生活も、自由のない生活も。なにもかも嫌で仕方がない。

彼が居ない間。少し動けば『報告』しなければならなくなるから、極力ベッドで寝て過ごすようになった。

そんな生活が続くと当然体力が落ちる。

かといって、それを回復させようという気力は残っていない。

だって、どうせどれほど彼に抱かれようと借金は減らない。

お金で自由を縛られたまま人生が終わるのではないかとさえ思う。

それなら彼に抱かれる意味はあるのだろうか？

（ここから逃げたい）

夜中。目が覚めたわたしは猛烈にそう思った。

横で寝ている御堂さんを起こさないようにそっと起き上がる。

そろりと細心の注意をはらって玄関まで向かう。玄関にはわたしの靴はなく、裸足のままドアノブに手を掛ける。

計画性もなく、衝動的な逃亡。

そんなの上手くいきっこない。冷静になれば分かることだ。

けれど、この時のわたしは冷静さを欠いていた。

とにかくこの部屋から出たい。そればかり考えていて、玄関の扉に内側からも開けないといけない鍵が必要だと知らなかった。ドアノブを捻っても、無常にもそれが開くことはない。

「どうして……！」

焦る気持ちでガチャガチャと動かそうとする。

とにかく、この扉を開けなければ。その焦りが、背後からやってきた御堂さんの存在を隠してしまった。

「ほのか」

名前を呼ばれて、ビクリと肩が跳ね上がる。後ろを振り向くまでもない。

御堂さんがわたしを呼んでいる。

「あ、あ……」

絶望が胸に広がる。

(見つかってしまった)

これから何をされるのだろうか。彼の静かな様子が逆に恐ろしさを煽った。

「ここで、何をしている？」

ゆっくりと彼の足音がこちらに向かってくる。

ずるずるとしゃがみ込んだわたしに合わせて、彼もしゃがむ。

「また、俺から逃げようとしていたか？」

なら見つかって残念だな、と御堂さんが皮肉げに口端を歪ませる。

「玄関の扉は鍵が掛かっているし、万が一、開いていたとしても、常時見張りを立たせている。せっかくだ。開けて確認するか？」

力なく、首を横に振る。上機嫌にも聞こえる声音が怖くて仕方ない。

「み、みどうさん」

「ん？」

「……怒っていないんですか？」

「怒っているに決まっているだろう」

間髪入れずに答えられる。だが、と彼が続けた。

「考えを改めることにしたんだ」

「考え、って……」

「俺が悪かったんだ。そうだろう？」

悪いと言葉にしているわりに、彼の顔に申し訳なさが浮かんでいない。それどころか嗜虐的に目を細める。

冷たい指先がわたしの頬を撫でた。その仕草は優しいのに、獰猛に輝く御堂さんの瞳が恐ろしくて仕方ない。

目を離せば、そのまま喰いつかれるのではないか。冗談抜きにそう思わせる危険性を孕んでいた。

そしてその判断は正しかった。

「まだ逃げる余地があると思わせてしまった。自由があるのだと幻想を抱かせてしまった」

「……は」

「ほのかに自由なんかない。俺から逃げられるわけがない、と教え込むべきだった」

御堂さんがわたしを横抱きにして、寝室へ戻ろうとする。

「御堂さん」

「大丈夫。これから、ちゃんと俺が教えてやる」

寝室に戻った御堂さんはサイドテーブルの引き出しから、ローターやバイブ、ローションを取り出して「どれを使って欲しい」とわたしに聞いた。

そんなの使って欲しくない。嫌だと頭を振ると、彼が頷く。

「そうか。全部使って欲しいか？」

違う。御堂さんだって分かっているはずだ。歯をガチガチと震わせて、どうにか言葉を絞り出す。

「み、御堂さん」

彼の視線がこちらを見下ろす。その瞳を見て、わたしはゴクリと唾を呑み込む。

最近ずっと考えていたことがある。

彼はわたしの返済を、良く思っていないのではないか、と。

そうでなければ、昼間に働くと言った時。あれほど反対したりしないだろう。

「ビジネスライクな関係を望んでいると言っていましたよね？」

「ああ、そうだ」

これのどこがビジネスライクな関係なのか。ちっとも分からない。

「俺はお前に求めているのは身体だけだ。心は最初から諦めている」

「最初から、って……」

乾いた声でそう問えば、御堂さんは答える気がないらしい。

緩く首を振って、笑みを深める。

「可哀想に」

そう呟いた彼の顔に一瞬だけ同情めいた表情が垣間見えた。

けれどそれはすぐに霧散して、彼が跪いて、わたしの足に口付ける。

「なに、を」

「この足はもう外を歩けない。閉じ込めるとそう決めた」

「だって、借金を返せば自由になるって……」

「本当にそんな日が来ると思っているのか？」

全然返せていないくせに、と首筋を擽られる。

「諦めろ。借りた先が悪かったんだ。ほのかは一生を掛けても借金を返し切れない――そんなこと
俺がさせない。永遠に金で縛り付けてやる」

そう言った御堂さんの目に光はなかった。

＊＊＊

「ほのか。大丈夫か！」

龍一さんの声に起こされる。

さっきみた夢が妙にリアルだったせいか心臓がドクドクと嫌な音を立てていた。

「魘《うな》されていたぞ」

心配そうにこちらを覗き込む龍一さんの表情にさっきの夢が現実ではないことに安堵する。

飛び込む形で彼に抱き付けば、彼は甘やかすように背中を撫でた。

「怖い夢でも見たか？」

「……はい」

素直に頷いて、彼の胸元に擦り寄る。逞しい彼の腕に抱かれていると安心する。

「龍一さん」

「ん？」

「好きですよ」

「ああ。俺も――ほのかを愛している」

あの夢はもしかしたら、わたし達に起こりえた未来だったかもしれない。言葉も態度も掛け違えた先の未来。その未来に進まなかったことを奇跡のように思いながら、彼に抱き付いた。

番外編　ほのかのアルバム

番外編　ほのかのアルバム

十月に入って、肌寒くなってきたから、そろそろ長袖を出すことにした。

とはいっても、わたしがアパートから持ってきた服は必要最低限のもので、それも春物と夏物のみ。秋物はあったとしてもせいぜいが羽織り物くらいだ。

（龍一さんからは秋服プレゼントされているけれど……）

服どころか靴や鞄に小物も龍一さんが用意している。

最初は「悪いから」と遠慮していた。でも、彼に貰った服を着ると、龍一さんが嬉しそうな顔をしていることに気が付いてから、しつこく固辞するのも失礼だと思って、プレゼントを受け入れるようになった。

（なんだかすごく流されている気がするけれど……）

冗談めかして龍一さんに「こんなに甘やかされると依存してしまいそうです」と言えば、彼は大真面目な顔で「俺は既にほのかに依存しているが？」と返された。

そして、「こんなことでほのかが俺に依存してくれるなら、いくらでも買ってやる」と言って、わ・た・し・が・龍・一・さ・ん・を・説・得・で・き・る・ま・で・の・間、彼からのプレゼントの量がさらに増えてしまった。

(……クローゼットにもぎっしりと服があるなぁ)

収納するのに狭くないはずのその場所に所狭しと服が並んでいる。

龍一さんにプレゼントされた服は全てハンガーに掛けておいたから、衣替えはすぐに終わった。

そのついでにウォークインクローゼットの中を整理していると、隅の方に置かれボストンバッグが目に入った。それを持ち上げると、ずしりと重みがある。

バッグの中身を確認しようと、チャックを開ける。そこには数冊のアルバムが入れたままだった。

後で片付けようと思っていたのに、すっかりと忘れてしまっていたのだ。

(……だって色々あったから)

誰に聞かれるわけでもないのにだらしないことをしていた後ろめたさから、そう言い訳して、アルバムを手に取る。

父の家に保管されていた分厚いアルバムを待とうとすると、ぎっしりと写真が入っていて、時折空いた余白に母のコメントが書かれていた。

わたしが小さい頃から、母は入退院を繰り返していて、父はお見舞いと一緒にわたしの写真を持っていってたらしい。

そしてその写真を受け取った母は丁寧にアルバムへと保管してくれていたのだ。

放置してしまったことに申し訳なく思いながら、過去のことを思い出して懐かしい気持ちになる。

片付けの途中だけど、ついページを捲ると、小さい頃の思い出が蘇る。

(……わたしが小学校三年生の時に家族で遊園地に行った時の写真だ)

本当に懐かしい。

そう思いながら写真をよく見れば、その写真の中に見覚えがある物が写っていた。

(あ、これ……)

写真の中の幼いわたしは遊園地内で買ってもらったソフトクリームをベンチで食べていた。けれど、そのアイスが不注意から頬に付いてしまって、母がそれを拭っていた場面の写真。そこに使われていたのが、わたしが龍一さんに渡した黄色いハンカチだった。

(この写真。龍一さんにも見せたいな)

無性にそう思ったわたしはアルバムを抱えて、リビングに居る龍一さんの元へ向かう。

彼の反応が楽しみで、いつもより早足でリビングに行くと、ソファーで寛いでいた様子の龍一さんがこちらの方へ振り向く。

「どうした?」

「龍一さんこれ見てください」

アルバムを開いて、さっき見ていた写真を指差す。

「ほら、この写真。昔龍一さんに渡した黄色のハンカチが写っていたんですよ」

そう言うと、彼は怖いくらいに真剣な顔でじっと写真を見つめた。

「……龍一さん?」

「…………」

呼び掛けても中々反応が返ってこない。どうしたんだろうと、心配したその時。

「ほのか」

「はい」

「アルバムはまだあったな？」

「ええ、まぁ。はい」

「全部見たい」

アルバムは全部で五冊ある。分厚いそれらの写真を全部見るとなるとかなりの時間が掛かるだろう。

「……駄目か？」

龍一さんの懇願するような表情にわたしは弱い。

そのことに気付いた龍一さんは最近ここぞとばかりにその表情を使うようになってきた。

「えっと、わたしは構いませんけれど」

「ありがとう」

小さい頃の写真を全部見られるのは気恥ずかしくて、ついぎこちない返事になってしまう。そんなわたしに彼は蕩けるような極上の笑みを向けた。

甘い眼差しは何度見ても慣れない。それどころかその顔を向けられるたびに胸がドキリとする。

（龍一さんが格好良すぎるから……）

頬が熱くなるのを自覚しながら、アルバムを取りに行こうとすれば、龍一さんも立ち上がる。

「重いだろう」

だから俺も着いていく、と龍一さんが続ける。その横顔はひどく上機嫌なものだった。

＊＊＊

結局アルバムは全部龍一さんが持って運んだ。ガラステーブルにアルバムを置いた龍一さんにお茶を淹れようかと尋ねれば、い彼は即座に首を横に振った。

「集中して見たいから、いい。い。万が一にでもアルバムに溢してしまうと、一生後悔しそうだ」

そう言った龍一さんの目は本気だった。そしてソワソワとした様子で続ける。

「せっかくだから年齢順で見ていきたいんだが……」

「えっと、それならオレンジ色のアルバムからですね」

ちょうど上に置いてあるアルバムを手渡す。あとはそのまま年齢順に置いてあるので、それを見ていけばいい。


「――ほのか」

「はい」

三冊目のアルバムを見終えたらしい龍一さんに声を掛けられる。その間にわたしは買っていた小説を一冊読み終えていた。お互い無言のまま、ページを捲っていたのだ。

「その……」

言い淀む龍一さんに首を傾げる。普段はっきりとした様子の彼がこんな風に遠慮するのは珍しい。

「どうしました？」

「……写真が欲しい」

「どの写真ですか？」

なにか気に入った写真があったのだろうか？

好奇心が疼いて尋ねる。

「全部」

……さすがにその答えは予想外だった。

「全部、ですか？」

「ああ」

短い返事に龍一さんの本気が窺《うかが》える。

「えっと、それは……」

「タダとは言わん。もう絶対に手に入らないプレミア的な価値を考えて、一枚五万でどうだ？」

「ご、まんって……」

写真一枚に高過ぎる。

それにアルバムにある写真を全部買うとなると一体いくらになると思っているのか。

龍一さんがお金持ちなのは知っている。だけど、この使い方はもったいない。

首を横に振ろうとすると、断られることを察知した龍一さんが眉間に皺を寄せた。

「足りないか？」

「いえ、高過ぎると言いますか……。というより、そんな問題じゃないです」

「じゃあどんな問題だ？」

心底分からないとばかりに首を傾げる彼に、わたしは言い聞かせるようにしてゆっくりと話す。

「別にわざわざ買わなくても、龍一さんが見たい時は写真くらい見せますよ？」

「良いのか？」

「ええ、もちろん」

「そうか……！」

嬉しそうに破顔する彼に、わたしも釣られて笑う。上機嫌なまま口角を上げた龍一さんの視線がアルバムへと戻ろうとしていた。その前にある疑問をわたしは口にした。

「そういえば龍一さん……」

「……ん？」

どうした、と視線で促される。

「前にわたしのことを調べていたと言っていたじゃないですか？」

この質問自体に深い意味はなかった。ただなんとなく聞いてみたかっただけ。

けれどそう前置いたことで、龍一さんの緩やかだった視線にどこか翳りが見えた。

「あ、あの責めるつもりじゃなくて……ただ、わたしのことをずっと見ていたって言うなら、子どもの頃の写真も持っていないのかなって」

彼のことを助けて以来。ずっと龍一さんがわたしのことを見てきたことは打ち明けられているし、謝罪もされている。

確かに自分の知らないところで、ずっと自分の行動を見られていたことを気にしていないと言えば嘘になる。でも、そのお陰で取り立て屋達からこの身体を守れたのだ。

今更それについてとやかく言うつもりはない。

だから、この質問に関しても純粋な疑問からのものだった。

「龍一さん？」

「……写真は持っていない」

「え……」

「一方的に見張られているだけでも気持ち悪いだろうから、必要な時以外は写真を撮らせないようにしていた」

「必要な時って……？」

「ほのかに他の男が寄ってきた時とか」

言いにくそうに視線を逸らされる。

もしかして、昔、仲良くなった男の子が離れていったのは……

(もしかして龍一さんの影響？)

それは聞かされてはいない情報だった。ぎょっとして目を丸くしたわたしに、彼は続けた。

「言っておくが、俺だってもしほのかがまともな男とくっつこうって言うなら、話は別だった……

最初の頃なら、多分」

「多分、って……せめて最後まで言い切ってください！」

「仕方ないだろう。今となっては自信のないことなんだから。だがな、原因はほのかにもある」

「わたしに？」

心当たりはないはずだ。だから彼の答えをじっと待った。

「……ほのかに好意を抱く男は大抵ろくでなしだった」

ボソリと龍一さんが呟く。わたしはその返答に目を瞬かせた。

「ろくでなし、って」

「思い当たることはないか？」

今度は龍一さんがじっとわたしを見つめる。

その強い視線に怯みそうになる。

「えっと、ないと思いますけど……」

わたしの返答に彼は重たい溜息を吐いて、低い声で説明した。

「たとえばほのかが中学二年の夏休み前に同級生の男に告白されただろう？」

「ええ、まぁ。はい」

そういえば、そんなこともあった。

というか、わたしよりもその時期をハッキリと覚えている龍一さんに驚く。

ボンヤリと昔のことを思い出しながら返事をする。

(確かわたしと同じように大人しい感じの男の子に告白されたんだっけ？)

思春期特有の甘酸っぱい思い出に照れくささを感じる。

頬を掻けば、龍一さんは忌々しそうに口を曲げた。

「言っておくが、あの男は自分のツレと、誰が最初に彼女ができるのかと競っていたぞ」

「え……」

「録音したデータも残っている。聞くか？」

パリン、と淡い思い出が砕け散る音が聞こえたような気がした。

今更そんな世知辛い現実を知りたくなくて、首を横に振る。というより、録音？　じっと龍一さんを見れば、誤魔化すように咳払いをして彼が続ける。

「高一の時に知り合ったバスケ部の男は浮気性の男だったし、高二の時にバイト先でちょっかいを掛けていた大学生の男はギャンブルで仲間内に借金を作っていた」

知りたくなかった現実を淡々と突き付けられる。

「他にもほのかに親切にされたことでストーカー予備軍となった男も、数年に一度の周期で現れていた」

……それは龍一さんも一緒の部類じゃないだろうか？

ジトッと視線を送れば、彼は気まずそうにしながらも、それを受け止めた。

「……あんな男共、ほのかに相応しくない。というより大抵の女にふさわしくない」

「その、男性達がわたしに近寄ってこなくなったのは龍一さんが手を回したからですか？」

「……ああ」

本当は答えたくなかっただろう質問に彼は誤魔化すことなく答えた。

「ほのかは……本当にろくでなしにばかり好かれる」

その筆頭が自分だと彼は告げた。

「可哀想に。だが、逃がす気はないからな」

男らしいゴツゴツとした指に顎を掬《すく》われる。

視線を合わせて、対峙する。きっと初対面の頃なら彼の威圧感に恐れをなしていただろう。

けれど、今なら分かる。

彼はきっと怖いのだ。

わたしが逃げることを、拒絶することを、恐れている。

だから、彼は自分の心を守るために、防波堤を作っている。

(意外に龍一さんって、自分に自信がないよね)

それはわたしと同じだ。でも今更誰が逃げるのだろう。逃げるつもりならとっくに逃げている。

「わたしは逃げるつもりはありませんよ?」

正面切って誓う。この先。彼が信じるまで何度でも。誓ってみせる。

「……そう、か」

短い返事に、葛藤が見えた。

「愛しています。それにたとえわたしが逃げたところで、そのまま逃がしてくれるんですか?」

「――いや、逃がさない。逃がしてはやれない」

妄執とも呼べる感情。それを嬉しいと思うわたしは、根っこの部分で彼と同類なのだろう。

彼を安心させたくて、柔らかく抱きしめる。

「龍一さん。ずっと、ずっとあなたの傍にいます。たとえ、あなたがわたしを嫌いになっても絶対に離れてなんかあげません」

「そんな日なんかくるものか」

「分かりませんよ？」

「じゃあ、ほのかが俺を嫌う日はくるのか？」

「そんな日はきません」

「俺だって同じだ」

彼の腕がわたしの背中に廻る。逞しくて、大きな腕が震えている。

お金も権力も持っているこの人は、わたしを失うことだけを恐れている――そこに仄暗い悦びを抱いてしまった。

「龍一さん、わたしはね……あなたが思っているよりも純真な人間じゃないんですよ？」

「……べつに俺は聖女みたいな女を望んじゃいない。俺はな、『ほのか』だから好きになったんだ。お人好しで、貧乏くじばかり引いているのに、陽だまりのように微笑うほのかを好きになってしまった……どうしても諦められないくらいに惚れているんだ」

「龍一、さん」

さっきよりも強く彼の腕に囚われる。彼の体温が、鼓動が近しく感じられる。

「好きだ。俺はほのかを愛している」

わたしだって同じ気持ちだ。自分の想いを伝えるようにして、ぎゅうっと抱きつく。

「ろくでなしの筆頭みたいな男に好かれて可哀想だとは思う。だが、今更手放してはやれない」

掠れた声で囁かれると胸がドキリとした。でも、ここで引く気はなかった。

「どうして龍一さんはいつもわたしが逃げる前提で話すんです？」

「それは……」

自信がないのだと彼が告げる。愛を知らずに育った自分が人に愛を与えられるのか。その不安があるのだと。

「じゃあ、わたしで試してみたらどうでしょう？」

「…………は」

「わたしなら龍一さんを嫌いませんし、嫌なことは嫌って言ってみせます」

わたしの提案が思いもよらなかったのか、抱きしめられていた腕の力が弱まる。視線を上向かせて、彼を見つめると、薄い唇がわずかに開いていた。

「わたしは龍一さんに愛されることが嬉しいし、ぜひ試すだけ試してみませんか？」

彼の反応を見るために覗き込むと、ややあって笑い出した。

「ふ、ははは。試す、って……それで良いのか？」

龍一さんに出会った頃に比べて、図太くなったものだと自分でも思う。

それは彼に対する慣れなのか、それとも自分の心の機微なのかは分からない。でもこんな自分は嫌いじゃなかった。そう思うようになっただけでも、わたしにとっては大きな進歩だ。

「だって試さなくちゃ分からないでしょう」

「それはそうだが……」

「わたしにとって龍一さんは初めての恋人です。だから、わたしだって本当は正解が分からない。自分の感覚だけじゃ分からないなら、龍一さんの感覚に頼る部分だってあるんです」

わたし達の始まりは特殊なものだった。

お互いの関係性に悩んだし、自分の想いを告げることにも勇気がいった。でも、両思いになった今なら二人で協力していけば、もっとお互いの気持ちを共有できるかもしれない。

「恋人として、龍一さんが不安になっているのならそれを取り除きたい。そう思うのはわたしの我《わが》儘《まま》でしょうか？」

「参ったな」

ポツリと彼が呟く。

「龍一さん？」

「最大限の告白を聞かされた気分だ」

嬉しい、と彼が幸せそうに笑った。

「ああ、本当に参った。ほのかは俺を喜ばせるのが上手過ぎる」

「そうですかね」

そう思ってくれるなら嬉しい、と頬を綻ばせれば、彼の男らしい端正な顔が近付く。

(あ、キスをされる)

それが分かって、無意識のうちに目を閉じる。触れるだけの短いキスが何度も贈られると、次第に互いの唇から濡れた音が聞こえて、いやらしく感じる。

「……ん……ぁ」

キスの合間に語りかける彼の余裕ぶりが羨ましい。

(わたしは受け止めるだけで精一杯なのに……)

そう思うとなんだか悔しさすら湧いてくる。

(たまにはわたしがリードしてみたい)

そんなことを思って、自分から口付けてみた。そろりと舌を彼の唇の形を辿るように這わせ、ゆっくりと口腔へと侵入した後に、彼の舌と絡ませる。

いつも龍一さんにされるがままになっていたから、わたしからどう舌を動かせば良いのか分からなくて、辿々しい動きになってしまった。だけどその主導権を今回ばかりは渡したくなくて、一生懸命舌を絡ませてみせる。

(確か、龍一さんは……)

いつも彼にされている動きを思い出す。

舌を絡めて、上顎を擽るように突いては、時折甘やかに噛み付くあの動きを。

「……ふ……っ」

彼の反応を見る余裕はなかった。それどころか、呼吸すら覚束ない。

身体を重ねるよりもキスの方がずっと慣れないのは最初の頃に彼と交わした約束があったからなのかもしれない。

『キスはしないで欲しい』

そんな約束をして彼の情人になった。

でも、もしも最初の頃に戻れるのなら、きっとそんな約束はもうしない。

「ん……ぁ」

息ができない苦しさから、甘やかで湿った声がもれる。

キスが濃厚になるごとにぴちゃぴちゃと濡れた官能の音が部屋に響いて、情欲の空気が広がる。

最後に彼の舌に絡めてから離れようとした。そうじゃなきゃ、もう保たない。そう思っての行動だった。なのにそれを察知したのか彼は、わたしの後頭部に手を廻したかと思うと、縮こまった舌を強引に絡め取って、貪るようにして主導権が握られてしまう。

「………ぁ」

予想外の動きに目を丸くして、彼の顔を見上げると彼の舌がわざとらしく音を立てて、自分達がどれほどいやらしいことをしているのか教え込もうとしていた。

「……は……ぁ」

キスが終わる頃には、どちらのものか分からない唾液がグロスのように艶やかに唇を彩った。

すっかり脱力したわたしを支えたのは彼の腕だ。

浅い呼吸を繰り返してから、龍一さんを見つめる。

「そんなに拗ねた顔をするな」

「だって……」

一度くらいわたしがリードしてみせたかった。

「嬉しかったよ」

ほのかから口付けられて、と彼の大きな手が労わるように髪を撫でる。

ゆっくりとしたその動作が気持ち良くて、うっとりと目を細める。

「あまり、ほのかから俺に触れないだろう？　だから、嬉しかった」

そういえば、そうだったのかもしれない。

とはいっても、わたしが触る前に、彼から触れられることが多かったからだけど。

（でも喜んでくれるなら、もっと自分から積極的になっても良いのかもしれない）

チラリと彼を見ると、蕩けそうなくらいに甘く微笑まれる。

「りゅういちさん」

いまだ戻らない呂律のまま、彼を呼ぶ。

「……どうした？」

熱っぽい視線はわたしだけじゃない。彼も同じだ。

それが分かって、彼の背に縋る。

（だって、龍一さんの顔を見て言うのは恥ずかしい）

下唇を噛んでから、なんとか勇気を出す。

「その……したい、です」

耳元で囁くと彼が唾を呑み込んだ音が聞こえた。

「ああ、ほのか……！」

情熱のまま押し倒されそうになる。それをわたしの手で阻んだ。

怪訝そうな顔をした彼に「今日はわたしが龍一さんに触ってみたい」と告げれば、彼は驚いたようにわたしを見つめた。

「……駄目ですか？」

「駄目じゃないが、その……ほのかは嫌じゃないのか？」

躊躇《ためら》う原因を聞いて、クスリと笑う。

「嫌だったら、最初からこんな提案しません」

そう言って、そろりとソファーを下りる。ゆっくりとベルトに触れて、彼の下肢を緩めた。

手順はこれで良いのかと不安に思って、彼を見上げれば、続きを催促するように髪を撫でられた。

初めて間近で見る龍一さんのモノは自分が想像していたのよりずっと大きくて、これがナカに挿入っていたのかと思うとどこか信じられない気持ちになる。

「おっきい」

赤黒く、反り立ったそれにどうやって触れたら良いんだろう。分からなくて、とりあえず指で先端に触れて、根本へと辿る。

滑らせるようにして触れるとぬるりとした先走りが先端から溢れ、舐め取ろうと舌を這わせると苦いような独特な味がした。

「……ん……んっ」

大き過ぎるそれを全部口に含むのはできない。だから、根本は手で刺激することにした。

最初はどうしたら良いのか分からなくて、チロチロと遠慮がちだった動き。けれど舌を動かすと、龍一さんが浅く息を吐き出して、感じているのが伝わった。

(わたしで感じてくれているんだ)

そのことが嬉しくて、堪らなかった。

もっとわたしで気持ち良くなって欲しい。そんな願いから、動きを加速させる。

「きもちいい、ですか?」

「そんなの分かるだろ」

早口に吐き捨てられた短い言葉。それは彼の余裕のなさを体現するものだ。

その証拠に、彼は唇を噛んでいる。

(声がもれないようにしているんだ)

確かに声を聞かれるのは恥ずかしい。それはわたしだってそうだ。

(でも龍一さんの声が聞きたい)

そんな思いから、一際大きく口を開けて、彼のモノを咥えて、窄《すぼ》める。

歯が当たらないようにと気をつけて、舌と唇を動かせば、先走っていた液が口内へと流れ込む。

「……っ」

微かにもれた龍一さんの声に反応して彼の方を見れば、眉間に皺を寄せて官能に耐えようとしているのが分かった。

「こえ、だして？」

龍一さんがわたしで感じている声が聞きたい。そう思って空いていた両手で根本を扱いてみると、次第に龍一さんの息が荒くなり始める。

興奮している。

それが伝わって、もっとわたしで感じて欲しいと懸命に舌を這わせては、時折吸い付いてみせる。

「ほの、か……」

いつもより余裕のない声でわたしを呼ぶ彼の声が愛おしい。

欲情で掠れた声に胸が疼く。

ただ舐めているだけなのに、彼に抱かれていることを思い出しては、欲情が募っていく。

初めての奉仕はなんの技巧もないものだと自覚している。

こんなことなら、事前に調べておくべきだったと反省もした。

けれど、龍一さんに気持ちよくなって欲しい。その思いで、彼が反応する場所を探っては、重点的にソコを責め立てる。

空いた手で陰嚢を柔らかく揉んで、先端を舌で舐れば、くぐもった声が聞こえた。

「……っ……く」

彼の限界が近いのだ。

それが肌で伝わって、根本を両手で扱いて、喉元まで咥え込んだそれに舌を這わせて吸い込めば、熱い飛沫が勢いよく口内に弾け飛ぶ。

とっさにそれを飲み込むと、彼は信じられないとばかりに目を丸くさせる。

「飲んだのか……？」

呆然と呟いた彼の言葉におずおずと頷けば、彼はくしゃりと顔を歪めた。

「えっと、駄目でしたか？」

「汚いだろう」

「龍一さんのなら汚くなんかないですよ」

そういえば、最初の頃にこんなやり取りをしたことがあった。

(あの時とは逆だけど……)

好きな人のものならば汚くないという思いは本心だろう。

「龍一さん。気持ち良かったですか？」

「ああ」

腕を引っ張られて、抱きかかえられる。

ぎゅうぎゅうに隙間なく密着すれば、お尻の辺りに硬いモノが当たった。

「ほのかと居ると興奮ばかりしてしまう」

再び勃ち上がったそれに貫かれるのだろうと想像すると、下腹部が疼く。

彼の指が不埒に太ももを撫って、焦らすようにゆっくりとスカートの中に侵入していく。

その刺激のもどかしさから、背筋を震わせると、彼は意地悪く口角を歪ませて、太ももの内側をいやらしく撫った。

「あ……っ」

期待から腰をくねらせて悶えると、彼はクックツと嗤いながら、敏感なその場所への刺激を焦らしていた。

「いじわる」

キスをして、奉仕をしただけの身体は、龍一さんに抱かれることを想像して、濡れている。

それを自覚すると恥ずかしいという気持ちと、積もった欲情をどうにかして欲しいという願いが葛藤し、結局は後者が勝った。

機嫌を取るようにして頬に口付けられ、そして彼の指が一番敏感な肉芽を押し転がした。

「ん……ああ」

「凄いな。下着越しでも濡れているのが分かる」

布越しでの愛撫だというのに、敏感なそこは刺激を与えられた嬉しさからとろりと蜜を滴らせる。

「こんなにビショビショじゃ下着の意味がないだろう」

呆気なく抜き取られたショーツはそのまま床へと捨てられ、彼の指がツプリとナカに挿入っていく。

初めは一本だった指が二本三本に増え、そのたびに与えられる快楽が大きくなって身悶える。

「っ……ん、ああっ」

指ですら、こうなのだ。もっと太いモノを挿入されたらどうなるのか。

怖いくらいの期待が昂まって、胸を焦がしていく。

「気持ち良いか？」

先程とは逆になった問い掛け。嬌声ばかりが口から溢れ出る今のわたしではまともに答える余裕がなくて、ガクガクと首を縦に振る。

その答えに彼は納得してくれなかったらしい。

深い場所を責め立てていた指が浅い場所を責め始める。

「……ん？　どうした。不満があるなら、ちゃんと口に出せ」

「やっ……ん」

中途半端に与えられた快楽がもどかしくて仕方がない。

腰を揺らして快楽を貪ろうとしても、彼の指は呆気なく逃れていく。

かといって、言葉に出す余裕もない。

強請る言葉を催促するようにお尻を叩かれる。その刺激に驚いて身体を戦慄かせると、ナカに挿入している指の角度が変わって、更なる刺激が与えられた。

「尻を叩かれて感じているのか？」

違う。彼だって分かっているくせに、あえて言葉で嬲るのは、被虐心を煽ろうとしているからだろう。

「ち、が」

「違わないだろう」

出来の悪い生徒に教え込むように、音を立てて叩かれる。

柔らかく丸みを帯びたその場所を軽く叩かれながら、彼の指が陰核をカリカリと引っ掻く。

「あっ、うう」

叩かれる時だけその刺激が与えられるから、次第に叩かれることを待ち望むようになってしまう。

自分の性癖が彼の手によってねじ曲げられようとしている。

それを分かっていても、目先の快楽に釣られて止めようと思わなかった。どころか、叩かれる予兆がすると、自分からお尻を突き出してしまう。

「快楽に弱い奴め」

罵られながらも、龍一さんの手は優しくお尻を撫でる。労わるような仕草に、彼の胸に擦り寄って甘える。でも、わたしが望んでいるのは圧倒的な快楽だ。

「りゅいち、さん」

彼のシャツに縋って「欲しい」と訴える。

「何が欲しい？」

「龍一さんの、が欲しい」

もう待てない、と彼にせがむ。

彼の硬いもので胎の奥を一気に押し込まれれば、どれだけ気持ちが良いのだろうか。

そんな夢想が脳裏に過って興奮を増長させた。

「ほのか」

短い呼び掛けには熱情が込められていた。

彼がスラックスのポケットからゴムを取り出して素早くつける。

今から龍一さんに抱かれるのだ。

それを感じ取って、受け入れようとした。けれど。それに待ったを掛けたのは龍一さんだ。

「今日はほのかがリードするんだろう？　なら、ほのかから挿入《い》れてみるか？」

耳朶《じだ》に息を吹き掛けられて誘われる。

「でも……」

躊躇《ためら》いながらも身体に燻る熱が一刻も早く解放を求めている。

笑みを濃くした龍一さんの様子から、彼が引く気がないことを知って、どうしたら良いのか尋ねてみる。

「スカートを捲って、そのまま腰を下ろしてみろ」

彼の言葉通りにスカートを捲って宛てがった状態で腰を下ろす。今までスカート越しに存在を感じていた龍一さんの怒張を自ら招き入れる行為。

潤沢に濡れたその場所は待ち望んでいた快楽に涎を垂らして受け入れようとしていた。

「ああ、ぁ……」

指では埋まらなかった質量が満たされていく充足感に頭がジンと痺れる。

もっと欲しい、と身体が求めて訴えるものの、自ら得ようとしている快楽の大きさに休みながらじゃないと動かすことができなかった。

全てを咥え込む頃には、お互いの身体は汗に塗れ、荒い呼吸を繰り返していた。

正面から向かい合ったまま貫かれる体勢は重力の関係からか、いつもよりも深い場所へと受け入れている。

念願叶って満たされた充足感。弾ませていた息を整える暇はないのは、その前に彼がわたしの腰を持ち上げて揺さぶったから。

「ひ、ああっ……ん」

忙しなく上下する視界。

落ちないように彼に縋り付くのに必死になる。

ガツガツと容赦なく責められるたびに、快楽の火花が目の前を弾け飛ぶような心地にさせた。

「あっ、ああっ！」

口から溢れ出るのは意味のない嬌声ばかり。お腹の行き止まりを突かれると、喉を仰け反らせて甘い悲鳴をあげる。

「ほのか」

凄まじい快楽に目の前が真っ白になる。それを繋ぎ止めたのは彼がわたしを呼ぶ声。

「愛してる」

その言葉に涙がほろりと溢れる。

嬉しい。わたしもです。そう伝えたいのに、告げる余裕もない。

だから、気持ちを伝えるために彼の背に縋るように抱きつく。

「ひ……ん、ああッ」

そして、何度も意味のない言葉を吐き出して、ようやく彼に想いを告げる。

「す、き」

言葉にするとなんて短い告白なのだろうと思う。

けれど、その二文字に精一杯の想いを込めた。

「嗚呼、ほのか。嬉しい」

ナカで彼のモノが大きく膨らむ。そして最奥にあるわたしの弱い場所に穿たれると、頭の中が真っ白になるほどの快楽に呑まれ、達する。

「っああ、ああ……っ……ん」

ビリビリとした気持ち良さが指の先にまで伝播し、身体の力が抜けていく。逞しい龍一さんの腕に支えられていなかったら、そのまま身体が崩れ落ちていただろう。

けれどその代わりに、逃げられない快楽を与えられることになる。

「ひ、あッ……ん……ッ……」

達したばかりで敏感な場所に容赦なく彼の怒張を叩きつけられると、快楽が弾けて、また達してしまう。二回連続で達したわたしのナカはきゅうきゅうと戦慄いて、貪欲に彼のモノを締め付ける。

「……っ……イくぞ」

その言葉と共に最奥に熱い迸りが放たれる。

正面から抱きしめ合う姿勢でいるからか、彼の荒れ狂う鼓動が聞こえた。

それが聞きたくて、彼の胸に擦り寄れば、まだナカに挿入っている龍一さんのモノが硬くなり始める。

「……え」

驚いて彼を見れば、龍一さんがニヤリと口角を上げた。

「俺はもう終わりとは言っていない。それに誘ったのはほのかだろう？」

極上の顔を近付けられて、誘うようにうなじを撫でられる。

「ほのかを抱きたい。駄目か？」

情欲の篭《こも》った瞳に負けて、わたしが頷く。

明日動けるか心配になるものの、きっとそうなったら彼は嬉しそうな顔をして、わたしの世話を焼くのだろう。

この作品に対する皆様のご意見・ご感想をお待ちしております。

おハガキ・お手紙は以下の宛先にお送りください。

【宛先】

〒150-6019 東京都渋谷区恵比寿4-20-3 恵比寿ガーデンプレイスタワー19F
（株）アルファポリス　書籍感想係

メールフォームでのご意見・ご感想は右のＱＲコードから、
あるいは以下のワードで検索をかけてください。

アルファポリス　書籍の感想　検索

ご感想はこちらから

本書は、「アルファポリス」（https://www.alphapolis.co.jp/）に掲載されていたものを、
改題、改稿、加筆のうえ、書籍化したものです。

ヤンデレヤクザの束縛愛《そくばくあい》に24時間《じかん》囚《とら》われています

秋月朔夕（あきづき さくゆう）

2024年12月25日初版発行

編集ー飯野ひなた
編集長ー倉持真理
発行者ー梶本雄介
発行所ー株式会社アルファポリス
〒150-6019 東京都渋谷区恵比寿4-20-3 恵比寿ガーデンプレイスタワー19F
TEL 03-6277-1601（営業） 03-6277-1602（編集）
URL https://www.alphapolis.co.jp/
発売元ー株式会社星雲社（共同出版社・流通責任出版社）
〒112-0005 東京都文京区水道1-3-30
TEL 03-3868-3275
装丁・本文イラストー森原八鹿
装丁デザインーAFTERGLOW
（レーベルフォーマットデザインーhive&co.,ltd.）
印刷ー中央精版印刷株式会社

価格はカバーに表示されてあります。

落丁乱丁の場合はアルファポリスまでご連絡ください。

送料は小社負担でお取り替えします。


ISBN978-4-434-34993-5 C0093